小耕读记

第1辑

那些年失去的小伙伴

小耕 编

中国出版集团 现代出版社

怎样阅读这本书

“读书”这件事很简单，但“思考”却非常累。古人有条著名的读书治学经验，叫作读书要做到：眼到、口到、心到、手到。如今读书的机会多了，正确的读书方法却丢了。本书是“小耕”的阅读笔记，当然它原来没有这么厉害，经过众多编辑、学者的手，已经成为可以“喂饱”你的精神小怪兽的高品质“大餐”，更能帮助你跨过儿童文学的门槛，走进文学世界。

每本书，一个主题

想要记住一篇文章，不妨把自己喜欢的作品贴上标签放到一个“抽屉”里，想要找灵感、找素材，翻翻抽屉，如此简单。

作家的“同题作文”

同一主题，六篇作品。角度、语言、技巧……你能学到的不止一点。

最美的石头 ·········· 精选作家的代表作

小耕私储备 ·········· 小耕风趣幽默的读书私记

煮酒论 ·········· 文学研究者关于作家、作品独到的见解和理性思辨

我打赌你不知道 ···· 作家、作品背后的故事

小耕搜罗记 ·········· 作家作品摘抄

时光果实 ·········· 触碰一个又一个迥异又奇妙的作家的写作世界

游戏时间 ·········· 试一试，你有没有仔细读文章的“小招戏”

★ 部分文章编入本书时按读者年龄及篇幅需要有所改动。

阅读奖励

通过微信回答“游戏时间”的答案，答对就可得积分，攒够积分就可兑换阅读大礼包！

小耕

耕读馆

目录

1

2

3

4

选一个人去天国 李丽萍 071—100

5

一只蝈蝈的老去 殷健灵 101—114

6

和我一起长大的两只狗

孙卫卫 115—128

《小偷》& 苏童

苏童：写作时，诚实是非常重要的。这不是一个有关道德的概念，不是指诚实的人写作，而是诚实地写作。

小偷

文／苏 童

“小偷在箱子里回忆往事。”如此有趣的语言总是有出处的。事实上，它来自一次拆字游戏。圣诞节的夜晚，几个附庸风雅的中国人吃掉了一只半生不熟的火鸡，还喝了许多白葡萄酒和红葡萄酒。他们的肠胃没有产生什么不适的感觉。他们聊天聊到最后没什么可聊了，有人就提议做拆字游戏。所谓的拆字游戏要求参加者在不同的字条上写下主语、状语、谓语、宾语，字条和词组都多多益善，字条与词组越多组合成的句子也越多，变化也越大。他们都是个中老手，懂得选择一些奇怪的词组，在这样的前提下拼凑出来的句子就有可能妙趣横生，有时候甚至让人笑破肚皮。这些人挖空心思在一张张字条上写字，堆了一桌子。后来名叫郁勇的人抓到了这四张字条，拼起来就是：小偷在箱子里回忆往事。

游戏的目的达到了，欢度圣诞节的朋友们哄堂大笑。郁勇自己也笑。笑过了有人向郁勇打趣，说，郁勇你有没有可以回忆的往事？郁勇反问道，是小偷回忆的往事？朋友们都说，当然是小偷回忆往事，你有没有往事？郁勇竟然说，让我想一想。大家看着郁勇抓耳挠腮的样子，并没有认真，正要继续游戏的时候，郁勇叫起来，我要回忆，他说，我真的要回忆，我真的想起了一段往事。

这是谁也没有预料到的，郁勇说了一个别人无法打断的故事。

我不是小偷，当然不是小偷。你们大概都知道，我不是本地人，我在四川出生，小时候跟着母亲在四川长大。我母亲是个中学教师，我父亲是空军的地勤人员，很少回家。你们说像我这种家庭环境里长大的孩子可能当小偷吗？当然不会是小偷，可我要说的是跟小偷沾边的事情，你们别吵了，我就挑有代表性的事情说，不，我就说一件事吧，就说谭峰的事。

谭峰是我在四川小镇上的唯一一个朋友，他跟我同龄，那会儿大概也是八九岁。谭峰家在我家隔壁，他父亲是个铁匠，母亲是农村户口，家里一大堆孩子，就他一个男孩子，你想想他们家的人会有多么宠爱谭峰。他们确实宠爱他，但是只有我知道谭峰偷东西的事情，除了我家的东西他不敢偷，小镇上几乎所有人家都被他偷过。他大摇大摆地闯到人家家里去，问那家的孩子在不在家，就那么一会儿工夫，他就把桌上的一罐辣椒或者一本连环画塞在衣服里面了。有时候我看着他偷，我的心怦怦地跳，谭峰却从来若无其事。他做这些事情不避讳我，是因为他把我当成最忠实的朋友，我也确实给他做过掩护。有一次谭峰偷了人家一块手表，你知道那时候一块手表是很值钱的，那家人怀疑是谭峰偷的，一家几口人嚷到谭峰家门口，谭峰把着门不让他们进去，铁匠夫妻都出来了，他们不相信谭峰敢偷手表，但是因为谭峰嘴里不停地骂脏话，铁匠就不停地拧他的耳朵，谭峰嘴犟，他大叫着我的名字，要我出来为他做证，我就出去了，我说谭峰没有偷那块手表，我可以证明。我记得当时谭峰脸上那种得意的微笑和铁匠夫妇对我感激涕零的眼神，他们对围观者说，那是李老师的孩子呀，他家教好，从来不说谎的。这件事情就因为我的原因变成了悬案，过了几天丢手表的那家人又在家里发现了那只手表，他们还到谭峰家来打招呼，说是冤枉了谭峰，还给他送来一大碗汤圆，谭峰捧着那碗汤圆叫我一起吃，我们俩很得意，是我让谭峰悄悄地把手表送回去的。

我母亲看不惯谭峰和他们一家，不过那个年代的人思想都很先进，她说能和工农子弟打成一片也能受一点儿教育，假如她知道我和谭峰在一起干的事情会气疯的。偷窃，我母亲喜欢用这个词，偷窃是她一生最为痛恨的品行，但她不知道我已经和这个词发生了非常紧密的联系。

假如不是因为那辆玩具火车，我不知道我和谭峰的同盟关系会发展到什么程度。谭峰有一个“宝库”，其实就是五保户老张家的猪圈。谭峰在窝藏赃物上很聪明，老张的腿脚不太灵便，他的猪圈里没有猪，谭峰就挖空了柴草堆，把他偷来的所有东西放在里面，如果有人看见他，他就说来为老张送柴草，谭峰确实也为老张送过柴草，一半给他用，一半当然是为了扩大他的宝库。

我跟你们说说那个宝库，里面的东西现在说起来是很可笑的，有许多药瓶子和针剂，说不定是妇女服用的避孕药，有搪瓷杯、苍蝇拍、铜丝、铁丝、火柴、顶针、红领巾、晾衣架、旱烟袋、铝质的调羹，都是些乱七八糟的东西。谭峰让我看他的宝库，我毫不掩饰我的鄙夷之情，然后谭峰就扒开了那堆药瓶子，捧出了那辆红色的玩具火车，他说，你看。他小心翼翼地捧着火车，同时用肘部阻挡我向火车靠近，他说，你看。他的嘴上重复着这句话，但他的肘部反对我向火车靠近，他的肘部在说，你就站那儿看，就看一眼，不准碰它。

那辆红色的铁皮小火车，有一个车头和四节车厢，车头顶端有一个烟囱，车头里还坐着一个司机。如今的孩子看见这种火车不会稀罕它，可是那个时候，在四川的一个小镇上，你能想象它对一个男孩意味着什么，是人世间最美好的东西，对吗？我记得我的手像是被磁石所吸引的一块铁，情不自禁地去抓小火车，可是每次都被谭峰推开了。

你从哪儿偷来的？我几乎大叫起来，是谁的？

卫生院成都女孩的。谭峰示意我不要高声说话，他摸了一下小火车，突然笑了起来，说，不是偷的，那女孩够蠢的，她就把小火车放在窗前嘛，她请我把它拿走，我就把它拿走了嘛。

我认识卫生院的成都女孩，那个女孩矮矮胖胖的，脑子也确实笨，你问她一加一等于几，她说一加一是十一。我突然记起来成都女孩那天站在卫生院门前哭，哭得嗓子都哑了，她父亲何医生把她扛在肩上，像是扛一只麻袋一样扛回了家，我现在可以肯定她是为了那辆小火车在哭。

我想象着谭峰从窗子里把那辆小火车偷出来的情景，心里充满了一种嫉妒，我发誓这是我第一次对谭峰的行为产生嫉妒之心。说起来奇怪，我当时只有八九岁，却能够掩饰我的嫉妒，我后来冷静地问谭峰，火车能开吗？火车要是不能开，就没什么稀罕的。

谭峰向我亮出了一把小小的钥匙，我注意到钥匙是他从裤子口袋里掏出来的，一把简单的用以拧紧发条的钥匙。谭峰露出一种甜蜜的自豪的微笑，他把火车放在地上，用钥匙拧紧了发条，然后我就看见小火车在猪圈里跑起来了，小火车只会直线运动，不会绕圈，也不会拉汽笛，但是这对于我来说已经是一个奇迹了。我不想表现得大惊小怪，我说，火车肯定能跑，火车要是不能跑还叫什么火车？

事实上，我的那个可怕的念头就是在一瞬间产生的，这个念头起初很模糊，当我看着谭峰用柴草把他的宝库盖好，当谭峰用一种忧虑的目光看着我，对我说，你不会告诉别人吧？我的这个念头渐渐地清晰起来，我没说话，我和谭峰一前一后离开了老张的猪圈。路上谭峰捕了一只蝴蝶，他要把蝴蝶送给我，似乎想做出某种补偿。我拒绝了，我对蝴蝶不感兴趣。我觉得我脑子里的那个念头越来越沉重，它压得我喘不过气来，可是我无力把它从我脑子里赶走。

你大概能猜到我做了什么。我跑到卫生院找到了何医生，告诉他谭峰偷了他女儿的小火车。为了不让他认出我的脸，我还戴了个大口罩，我匆匆把话说完就逃走了。回家的路上我恰好遇到了谭峰，谭峰在学校的操场上和几个孩子在踢球玩，他叫我一起玩，我说我要回家吃饭，一溜烟似的就逃走了。你知道告密者的滋味是最难受的，那天傍晚我躲在家里，竖着耳朵留心隔壁谭峰家的动静，后来何医生和女孩果然去了谭峰家。

我听见谭峰的母亲扯着嗓子喊着谭峰的名字，谭峰父亲手里的锤子也停止了单调的吵闹声。他们找不到谭峰，谭峰的姐姐妹妹满镇叫喊着谭峰的名字，可是他们找不到谭峰。铁匠怒气冲冲地来到我家，问我谭峰去了哪里，我不说话，铁匠又问我，谭峰是不是偷了何医生家的小火车，我还是不说话，我没有勇气做证。那天谭铁匠干瘪的瘦脸像一块烙铁一样哧哧地冒出烈焰怒火，我怀疑他会杀人。听着小镇上响彻谭峰家人尖厉疯狂的喊声，我后悔了，可是后悔来不及了，我母亲这时候从学校回来了，她在谭峰家门前停留了很长时间，等到她把我从蚊帐后面拉出来，我知道我把自己推到绝境中了。铁匠夫妇跟在我母亲身后，我母亲说，不准说谎，告诉我：谭峰有没有拿那辆小火车？我无法来形容我母亲那种严厉的无坚不摧的眼神，我的防线一下就崩溃了，我母亲说，拿了你就点头，没拿你就摇头。我点了点头。然后我看见谭铁匠像个炮仗一样跳了起来，谭峰的母亲则一屁股坐在了我家的门槛上，她从鼻子里甩出一把鼻涕，一边哭泣一边诉说起来。我没有注意听她诉说的内容，大意反正就是谭峰跟人学坏了，给大人丢人现眼了。我母亲对谭峰母亲的含沙射影很生气，但以她的教养又不愿与她斗嘴，所以我母亲把她的怨恨全部发泄到了我的身上，她用手里的备课本打了我一个耳光。

他们是在水里把谭峰抓住的，谭峰想越过镇外的小河逃到对岸去，但他只是会两下狗刨式，到了深水处他就胡乱扑腾起来，他不喊救命，光是在水里扑腾，铁匠赶到河边，把儿子捞上了岸，后来他就拖着湿漉漉的谭峰往家里走，镇上人跟着父子俩往谭峰家里走，谭峰像一根原木在地上滚动，他努力地朝两边仰起脸，唾骂那些看热闹的人。

正如我所预料的那样，谭峰不肯坦白。他不否认他偷了那辆红色小火车，但就是不肯说出小火车的藏匿之处。我听见了谭铁匠的咒骂声和谭峰的一次胜过一次的尖叫，铁匠对儿子的教育总是由溺爱和毒打交织而成的。我听见铁匠突然发出一声山崩地裂的怒吼，哪只手偷的东西？左手还是右手？话音未落，谭峰的母亲和姐姐妹妹一齐哭叫起来，当时的气氛令人感到恐怖，我知道会有什么可怕的事情发生，我不愿意错过目睹这件事情的机会，因此我趁母亲洗菜的时候一个箭步冲出了家门。

我恰好看见了铁匠残害他儿子的那可怕的一幕，看见他把谭峰的左手摁在一块烧得火红的烙铁上，也是在这个瞬间，我记得谭峰向我投来匆匆的一瞥，那么惊愕那么绝望的一瞥，就像第二块火红的烙铁，烫得我浑身冒出了白烟。

我说的一点儿也不夸张，我的心也被烫出了一个洞。我没听见谭峰响彻小镇上空的那声惨叫，我掉头就跑，似乎害怕失去了左手手指的谭峰会来追赶我。我怀着恐惧和负罪之心疯狂地跑着，不知怎么就跑到了五保户老张的猪圈里。说起来真是奇怪，在那样的情况下我仍然没有忘记那辆红色的小火车，我在柴草堆上坐了一会儿，下定决心翻开了谭峰的宝库。我趁着日落时最后的那道光线仔细搜寻着，让我惊讶的是，那辆红色的小火车不见了，柴草垛已经散了架，我还是没有发现那辆红色的小火车。

谭峰并不像我想象的那么愚笨，他把小火车转移了。我断定他是在事情败露以后转移了小火车，也许当他姐姐妹妹满镇子叫喊他的时候，他把小火车藏到了更为隐秘的地方。我站在老张的猪圈里，突然意识到谭峰对我其实是有所戒备的，也许他早就想到有一天我会告密，也许他还有另一个宝库，想到这些我有一种莫名的失落和悲伤。

你能想象事情过后谭家的混乱吧，后来谭峰昏过去了，铁匠一直在呜呜地哭，他抱着儿子一边哭着一边满街寻找镇上的拖拉机手。后来铁匠夫妇都坐上了拖拉机，把谭峰送到三十里外的地区医院去了。

我知道那几天谭峰会在极度的疼痛中度过，而我的日子其实也很难熬。一方面是由于我母亲对我的惩罚，她不准我出门，她认为谭峰的事情有我的一半责任，所以她要求我像她的学生那样，写出一份深刻的检讨。你想想我那时候才八九岁，能写出什么言之有物的检讨呢。我在一本作业本上写写画画的，不知不觉地在纸上画了好几辆小火车，画了就扔，扔了脑子里还在想那辆红色的小火车。没有任何办法，我没有办法抵御小火车对我产生的魔力，我伏在桌子上，耳朵里总是听见隐隐约约的金属声，那是小火车的轮子与地面摩擦时发出的声音。我的眼前总是出现四节车厢的十六个轮子，还有火车头上端的那个烟囱，还有那个小巧的脖子上挽了一条毛巾的司机。

让我违抗母亲命令的是一种灼热的欲望，我迫切地想找到那辆失踪的红色小火车。母亲把门反锁了，我从窗子里跳出去，怀着渴望在小镇的街道上走着。我没有目标，我只是盲目地寻找着目标。这是八月的一天，天气很闷热，镇上的孩子们聚集在河边，他们或者在水中玩水，或者在岸上做着无聊的官兵捉强盗的游戏，我不想玩水，也不想做官兵做强盗，我只想着那辆红色的铁皮小火车。走出镇上唯一的麻石铺的小街，我看见了玉米地里那座废弃的砖窑。这一定是人们所说的灵感，我突然想起来谭峰曾经把老叶家的几只小鸡藏到砖窑里，砖窑会不会是他的第二个宝库呢？我这么想着无端地紧张起来，我搬开堵着砖窑门的石头，钻了进去，看见一些新鲜的玉米秆子堆在一起，就用脚踢了一下，你猜到了？你猜到了。事情就是这么简单，不是说苍天不负有心人吗？我听见了一种清脆的回声，我的心几乎要停止跳动了，苍天不负有心人呀，就这么简单，我在砖窑里找到了成都女孩的红色小火车。

你们以为我会拿着小火车去卫生院找何医生？不，要是那样也就不会有以后的故事了。坦率地说，我根本就没想物归原主，我当时只是发愁怎样把小火车带回家，不让任何人发现。我想出了一个办法，把汗衫脱下来，又掰了一堆玉米，我用汗衫把玉米连同小火车包在一起，做成一个包裹，提着它慌慌张张地往家里走。我从来不像镇上其他的男孩一样光着上身，主要是母亲不允许，所以我走在小街上时总觉得所有人都在朝我看，我很慌张，确实有人注意到了我的异常，我听见一个妇女对另一个妇女说，热死人的天，连李老师的孩子都光膀子啦。另一个妇女却注意到了我手中的包裹，她说，这孩子手里拿的什么东西，不会是偷的吧？我吓了一跳，幸亏我母亲在镇上享有美好的声誉，那个多嘴的妇女立刻受到了同伴的抢白，她说，你乱嚼什么舌头！李老师的孩子怎么会去偷东西？

我的运气不错，母亲不在家，所以我为小火车找到了安身之处，不只是床底下的杂物箱，还有两处作为机动和临时地点，一处是我父亲留在家里的军用棉大衣，还有一处是厨房里闲置不用的高压锅。我藏好了小火车，一直坐立不安。我发现了一个问题，就是那把拧发条的钥匙，谭峰肯定是把它藏在身边了。我得不到钥匙，就无法让小火车跑起来，对于我来说，一辆不能运动的小火车起码失去了一大半的价值。

我后来的烦恼就是来自这把钥匙。我根本没考虑过谭峰回家以后如何面对他的问题。我每天都在尝试自己制作那把钥匙，有一天我独自在家里忙活，在磨刀石上磨一把挂锁的钥匙，门突然被谁踢开了，进来的就是谭峰。谭峰站在我的面前，气势汹汹地瞪着我，他说，你这个叛徒、内奸、特务！我一下子乱了方寸，我把挂锁钥匙紧紧地抓在手心里，听凭谭峰用他掌握的各种词辱骂我，我看着他的那只被白布包得严严实实的左手，一种负罪感使我失去了还击的勇气。我保持沉默，我在想谭峰还不知道我去过砖窑，我在想他会不会猜到是我去砖窑拿走了小火车。谭峰没有动手，可能他知道自己只用一只手会吃亏，所以他光是骂，骂了一会儿他觉得没意思了，就问我，你在干什么？我还是不说话，他大概觉得自己过分了，于是他把那只左手伸过来让我参观，他说，你知道绑了多少纱布，整整一卷呢！我不说话。谭峰就自己研究手上的纱布，看了一会儿他忽然得意地笑起来，说，我把我老子骗了，我哪是用左手拿东西，是右手嘛。他向我提出了一个问题，喂，你说烫左手合算还是烫右手合算？这次我说话了，我说，都不合算，不烫才合算。他愣了一下，对我做了个轻蔑的动作，傻瓜，你懂个屁，右手比左手重要多了，吃饭干活儿都要用右手，你懂不懂？

谭峰回家后我们不再在一起玩儿了，我母亲禁止，铁匠夫妇也不准他和我玩儿，他们现在都把我看成一个狡猾的孩子。我不在乎他们对我的看法，但我常常留心他们家的动静，因为我急于知道他是否去过砖窑，是否会怀疑我拿了那辆红色小火车。

那一天终于来到了。已经开学了，我被谭峰堵在学校门口，谭峰的模样显得失魂落魄的，他用一种近乎乞求的眼神盯着我，他说，你拿没拿？我对这种场景已经有所准备，你不能想象我当时有多么冷静和世故，我说，拿什么呀？谭峰轻轻地说，火车。我说，什么火车？你偷的那辆火车？谭峰说，不见了，我把它藏得好好的，怎么会不见了呢？我告诫自己要冷静，不能提砖窑两个字，于是我假充好人地提醒他，你不是放在老张家的猪圈里了吗？谭峰朝我翻了个白眼，随后就不再问我什么了，他开始向操场倒退着走过去，他的眼睛仍然迷惑地盯着我，我也直视着他的眼睛，随他向操场走去。你肯定不能相信我当时的表现，一个八九岁的孩子，会有如此镇定成熟的气派。这一切并非我的天性，完全是因为那辆红色的小火车。我和谭峰就这样开始分道扬镳，我们是邻居，但后来双方碰了头就有一方会扭过脸去，这一切在我是由于一个沉重的秘密，在谭峰却是一种创伤造成的。我相信谭峰的左手包括他的内心都遭受了这种创伤，我得承认，那是我造成的。我记得很清楚，大概是在几个月以后，谭峰在门口刷牙，我听见他在叫我的名字，等我跑出去，他还在叫我的名字，但他并不朝我看一眼，他在自言自语，他说，郁勇，郁勇，我认识你。我当时一下子就闹了个大红脸，我相信他掌握了我的秘密，让我纳闷的是，自从谭峰从医院回家，我一直把小火车藏在高压锅里，连我母亲都未察觉，谭峰怎么会知道？难道他也是凭借灵感得知这个秘密的吗？

说起来可笑，我把小火车弄到手以后很少有机会摆弄它，更别提那种看着火车在地上跑的快乐了，我只是在确保安全的情况下偶尔打开高压锅的盖子，看它几眼，仅仅是看几眼。你们笑什么？做贼心虚？是做贼心虚的感觉，不，比这个更痛苦更复杂，我有几次做梦梦见小火车，总是梦见小火车拉响汽笛，梦见谭峰和镇上的孩子们迎着汽笛的声音跑来，我就被吓醒了。我知道梦中的汽笛来自五里地以外的宝成铁路，但我总是被它吓出一身冷汗。你们问我为什么不把火车还给谭峰？错了，按理要还也该还给成都女孩，我曾经有过这个念头，有一天我都走到卫生院门口了，我看见那个女孩在院子里跳橡皮筋，快快活活的，她早就忘了小火车的事了。我想既然她忘了我还有什么必要做这件好事呢？我就没搭理她，我还学着谭峰的口气骂了她一句，猪脑壳。

我很坏？是的，我小时候就坏，就知道侵吞赃物了。问题其实不在这里，问题在于我想有这么一个秘密，你们替我想想，我怎么肯把它交出去？然后很快就到了寒假，就是那年寒假，我父亲从部队退役到了武汉，我们一家要从小镇迁到武汉去了。这个消息使我异常兴奋，不仅因为武汉是个大城市，也因为我有了机会彻底地摆脱关于小火车的苦恼，我天天盼望着离开小镇的日子，盼望离开谭峰离开这个小镇。

离开那天，小镇下着霏霏冷雨，我们一家人在汽车站等候着长途汽车。我看见一个人的脑袋在候车室的窗子外面闪了一下，又闪了一下。那是谭峰，我知道是他，但我不理他。是我母亲让我去向他道别，她说，是谭峰要跟你告别，你们以前还是好朋友，你怎么能不理他？我只好向谭峰走过去，谭峰的衣服都被雨点打湿了，他用那只残缺的手抹着头发上的水滴，他的目光躲躲闪闪的，好像想说什么，却始终不开口，我不耐烦了，我转过身要走，一只手却被拉住了，我感觉到他把什么东西塞在了我的手里，然后就飞快地跑了。

你们都猜到了，是那把钥匙，红色小火车的发条钥匙！我记得钥匙湿漉漉的，不知是他的手汗还是雨水。我感到很意外，我没想到会有这么一个结局，直到现在我对这个结局仍然感到意外。有谁知道谭峰是怎么想的吗？

朋友们中间没人愿意回答郁勇的问题，他们沉默了一会儿，有人问郁勇，你那辆小火车现在还在吗？郁勇说，早就不在了。到武汉的第三天，我父母就把它装在盒子里寄给何医生了。又有人愚蠢地说，那多可惜。郁勇笑起来，他说，是有点儿可惜，可你怎么不替我父母想想，他们怎么会愿意窝藏一件赃物？他们怎么会让我变成一个小偷？

小耕私储备

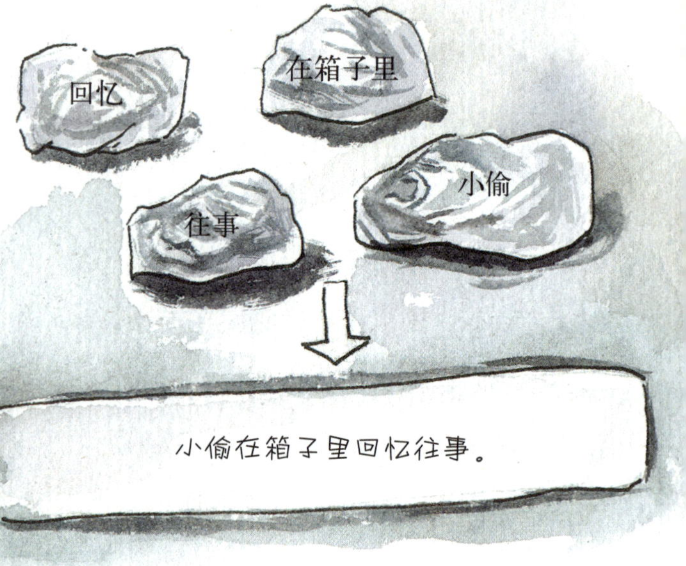

【一】拆字游戏

旁白：圣诞节的夜晚，有人提议做拆字游戏，所谓的拆字游戏要求参加者在不同的纸条上写下主语、状语、谓语、宾语，郁勇抓到了：小偷在箱子里回忆往事。

苏童的“散伙进度表”

【二】好朋友

旁白：我不是小偷，当然不是小偷。我就说一件事吧，就说潭峰的事。潭峰是我在四川小镇上的唯一一个朋友，他跟我同龄，那会儿大概也是八九岁。

【三】我是小偷的朋友

旁白：只有我知道谭峰偷东西的事情，除了我家的东西他不敢偷，小镇上几乎所有人家都被他偷过。他做这些事情不避讳我，是因为他把我当成最忠实的朋友，我也确实给他做过掩护。

【四】都是小火车惹的祸

旁白：假如不是因为那辆玩具火车，我不知道我和谭峰的同盟关系会发展到什么程度。

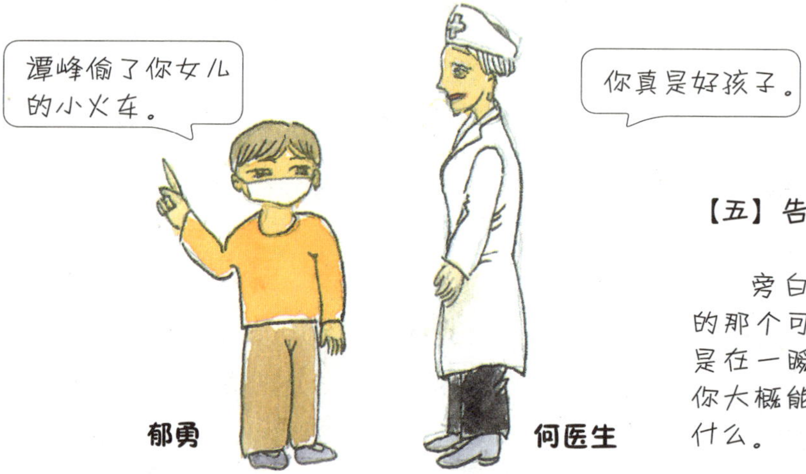

【五】告密者

旁白：事实上我的那个可怕的念头就是在一瞬间产生的，你大概能猜到我做了什么。

【六】惩罚

旁白：铁匠对儿子的教育总是由溺爱和毒打交织而成的——铁匠把谭峰的左手摁在一块烧得火红的烙铁上！

【七】小火车的魔力

旁白：我知道那几天谭峰会在极度的疼痛中度过，而我的日子其实也很难熬。我没有办法抵御小火车对我产生的魔力，你猜到了？你猜到了。我在砖窑里找到了成都女孩的红色小火车。

【八】分道扬镳

旁白：我很坏？是的，我小时候就坏，就知道侵吞赃物了。这一切并非我的天性，完全是因为那辆红色的小火车。我和谭峰就这样开始分道扬镳。

【九】缺憾

旁白：我藏好了小火车，一直坐立不安。我发现了一个问题，就是那把拧发条的钥匙，谭峰肯定是把它藏在身边了。我得不到钥匙，就无法让小火车跑起来，对于我来说，一辆不能运动的小火车起码失去了一大半的价值。

【十】意外的结局

离开当天……（下着小雨）

旁白：就是那年寒假，我们一家要从小镇迁到武汉去了。这个消息使我异常兴奋，我天天盼望着离开谭峰离开这个小镇。离开那天，谭峰竟然来了。他把什么东西塞到了我的手里，然后就飞快地跑了。你们都猜到了，是那把钥匙，红色小火车的发条钥匙，我没想到会有这么一个结局。

苏童独具风貌的文学文本世界

苏童笔下的少年承担着作者对于世界的认识。

——王艺筌

从20世纪80年代至今，苏童小说的题材变化不大，但他小说的内部一直在不断变化，他写作了大量的短篇小说，不断做出创新探索，是将短篇优势和长篇特点融合得特别好的作家。

——范小青

苏童是一个具有中国传统文人气息的、深深扎根在中国土壤上的作家。

——葛红兵

苏童不姓苏?

张昌华：作家的笔名有讲究，就像茅盾不姓茅，胡风不姓胡一样，苏童也不姓苏。我曾向苏童询问其笔名的典故。他淡淡地说：姓童，生在苏州。如此简洁、单纯，一眼见底。苏童，本名童忠贵，属虎，1962年的虎。苏童十分欣赏自己这个笔名，他甚而有点儿迷信“命与名随”。那抑或是他早期的作品屡遭厄运，某日更名改姓，启用苏童这个名字后，凑巧一炮打响，继之百发百中。

雨丝白茫茫地扫过村弄，在我家门前织起一张网

我最初的生病经验产生于一张年久失修的藤条躺椅上，那是一个九岁男孩的病榻。那年我九岁，不知道为什么会得那种动不动就要小便的怪病，不知道小腿上为什么会长出无数红色疹块，也不知道白细胞和血小板减少的后果到底有多严重。

——《九岁的病榻》

这个故事叙述起来就这么简单，不知道你怎么看，我一直认为这是我一生中能说的最动人的爱情故事。我这里说的爱情故事也许让一些读者失望，但是当我说完这个故事后，相信也有一些读者会感到一丝震动。

——《老爱情》

1951年，作家老舍选了苏曼殊的四句诗，请齐白石按诗绘画。这四句诗分别描写了春夏秋冬的景象，齐白石提笔便画了一组四季花卉。后来，老舍又找了另外四位诗人的四句很有意境的诗，写信向齐白石求画，其中最难画的是查慎行的“蛙声十里出山泉”。齐白石拿到诗句后，足足想了三天三夜，最后……

——《老舍求画》

挂在门楣上的粽叶已经发出了灰褐色。风飒飒地吹着那捆粽叶，很像是雨声。真的下雨了，雨丝白茫茫地扫过村弄，在我家门前织起一张网，那捆粽叶又沙沙地响起来，像是风声了。祖母坐在门槛上，注视着檐下的雨水像小瀑布一样跌落下来，汇在石硌路上，匆匆忙忙地流走了。很早以前祖母就聋了，但是那个秋天她说她什么都听见了。

——《祖母的季节》

经典阅读唤醒心灵

——著名作家苏童访谈录

苏童说："我是在五六岁时，揭开家里的水缸而走近文学的，那令我想到'蚌壳里的仙女'的神话传说，让我开始了对世界的无限想象。"我们可能不会想到，苏童——中国当代文坛上一个不容忽视的名字，他文学之旅的第一步充满了如此的童趣和温情。今天，让我们一起走近他，听听关于文学、关于创作……他会告诉我们什么。

李杰：我们知道，在写作上，您是年少成名，1983 年，您在 20 岁时投入小说创作，从此一发而不可收，到现在您已经发表了数百万字的作品。对于如此顺利的文学之路，您是如何看待的呢？

苏童：关于年少成名，在我就是所谓浪得虚名而已。对待这些我一贯很清醒。声名是一个巨大的包裹，既证明你的价值也为你增添负担，一个年轻人如果获得了他意料之外的声名，有两种可能性，一个是被负担压垮，一个是把这个沉重包袱里的东西减轻拿掉，越拿越少。你还可以赶路。我当然是做第二种选择。

李杰：您能和同学们谈谈对于一个作家，读书和写作到底有多大的联系吗？读书，对于您的创作之路有影响吗？

苏童：这个问题涉及阅读与写作的互相影响。有许多人喜欢读，却讨厌写，现在也有人喜欢写却不喜欢读。但是我想阅读，不论是读什么，不论你读过了以后写还是不写，读永远是一个重要的精神活动，几乎所有的作家都是从阅读开始走上文学之路的，但书不仅指导文学之路，有时候也指导人生之路，从这个意义上说，读书不一定是为了成为一个作家，而是为了自己的人生。爱上读书是一件幸福的事，它往往决定一个人未来的命运及生活道路。我小时候体弱多病，在病榻上辗转的日子里随手翻阅姐姐的文学书籍，虽然当时不能全部理解书中的世界，但那些也是点点滴滴的积累。回忆我走上文学道路的经历，少年读书似乎是个开始。对于一个少年来说，功课不可不做，功课外的书籍也不可不看，你需要做的是合理调配时间。不过我想提醒同学们注意的是，要读书，但一定要读好书。读书是幸福，读好书是更大的幸福，经典阅读可以唤醒心灵。

李杰：您认为写作对一个写作爱好者来说，是个人生活经验重要，还是个人禀赋悟性重要？而您是靠什么写出那么多优秀小说的？有所谓秘诀吗？

苏童：写作需要什么，还真是没有标准答案。通常来说，热情是最重要的，是对写作的热情。毕竟一个人终生与文字为伴，是需要一份爱、一份执着的。很难判断天赋和个人生活经验在写作当中的百分比，也许都需要吧。而成功的秘诀，从来都是骗人的谎言，它不存在。

李杰：对您影响最大的作家和作品是什么？您有偶像吗？

苏童：我其实是有很多偶像的，中国作家中，鲁迅、沈从文是我的偶像。西方作家中也有很多我的偶像，像托尔斯泰、陀斯妥耶夫斯基、福克纳、福楼拜等。但作为作家，就是要避免别的作家对你产生影响。其实这个道理放到任何地方都是有用的。能避免任何偶像对你产生影响，你就找到自己了。

李杰：我们学生写作文强调要有真情实感，文学创作中也有现实主义，您是如何看待“现实”的？

苏童：1000 个作家所掌握的现实有 1000 种，这牵扯到每一个具体的作家，他牵引现实的手法，或者他拥抱现实的姿态是千变万化的，这里头有一个神秘性。这个神秘性，我们从文本上分析来说，是风格的不同，是作家文字风格的不同，取材的不同，事实上是作

家心目中的现实如何与日常生活经验结合，使这种结合具有神秘性，面对同一时空下的同一事件，作家的描述很可能是不同的，他所塑造的现实也就不同。小说就是这么奇妙，有时候所谓的现实是来自生活当中一个虚幻的记忆，这个记忆本身是错误的、是站不住脚的，但它能引发最大的现实。比如卡夫卡《城堡》提供了一个违背物理常识的经验，土地测量员看得见城堡，却无法抵达，但就是这么一个貌似错误的生活经验的描述，给我们提供了一个沉重而尖锐的现实，许多地方，确实是无法抵达的。

李杰：上海第二期课改中收录了您的文章《三棵树》，请您谈一谈您心目中的“三棵树”真正的内涵。

苏童：大概是 1999 年，那一年我很奇怪地以一个散文新秀的面目出现，写了好几篇散文，都是在《人民文学》的专栏。第一篇写的是《河流的秘密》，第二篇是《三棵树》。这些散文几乎都是以一种非常怀旧的情绪作为情感基础，当时正值世纪交替之际，我的青年时期也已经逝去，特别希望通过文字挽留什么，因为想挽留什么，小说不合适，所以写了这几篇散文。《三棵树》跟我的生活太紧密了，我小时候在苏州长大，因为我们家离铁路很近，我经常看到火车从我上学的那条街道旁经过，《三棵树》的来由是我经常看见一列火车上的白牌子：上海—三棵树。我查地图知道三棵树是在黑龙江，在我童年记忆中是最遥远的地方，只有火车可以把我带去，但

是坐火车的机会我没有，只有看火车的机会。所以三棵树这个地名，对我来说是寄托着某种非常模糊的向往。“三棵树”这三个汉字的意象，我觉得非常之美，是三棵树，如果一棵树，太简单，两棵树对称了，也不美，三棵树不对称，却很美很特别。《三棵树》里头写的石榴、枇杷都是非常真实的，我很多年住在一座民国时代建的老楼里，窗前有这两棵树，写作的时候可以看见它们，我很喜欢这两棵树，这似乎是一个无法解释的情结，为什么只有两棵树，没有第三棵？所以《三棵树》某种意义上也是在描述一种遗憾，也是一种现实，这个现实对我来说已经足够美好，但永远有缺憾。

李杰：谈了这么多关于文学、关于创作的事情，和同学们聊聊一些您的学习往事吧。学生时代，您印象最深的老师是哪一位？

苏童：我的大学生活是在北师大度过的，我在中文系。我们学校的语言专业非常强，但因为我沉迷于文学创作，所以对古汉语的课程没有多大兴趣，而我们古汉语老师又是非常好的负责的老师，我面皮很薄的，一般不喜欢别人批评我，我唯一受批评那次是四个班一起上大课，这个老师叫着我的名字，对我的作业忍无可忍，他说你可以欺骗老师，你不可以欺骗自己，你怎么可以这么糊弄自己呢？所以要说起我在学校印象最深的老师，就是这个在一百多人面前批评我的崔老师。我现在仍然对崔老师非常内疚，但我是知错必改的人，在他这样的教育下，我后来成绩还是不错的。

李杰：如果上大学没有选择中文系，您有没有可能成为作家？

苏童：其实大多数作家都是非中文系出身的，莫言没念过中文系，余华没有念过中文系，王安忆也没有，后来他们上鲁迅文学院、上解放军艺术学院是另外一回事。所以学校的系科的选择跟作家这个行业的选择没有太大的联系，鲁迅先生也不是中文系的，所以专业完全不是问题。但是中文系的学生我觉得唯一一个好处是因为你在学校里学过四年中文，你对许多大的文学流派，大的古今中外的文学框架有一个非常系统的了解，也就是说大学四年的学习，老师也好，课程也好，它帮助你先理出了一个大的文学世界，该知道的你都知道了，你也会知道自己是小的。这些知识帮不了你的创作，但能帮助你确立自己的位置。

第一关

昆仑丘寻“土蝼”

1. “我”小时候在哪里长大？（　）

　A. 四川　B. 广西　C. 浙江

2. 谭峰的宝库在哪儿？（　）

　A. 五保户老张家的猪圈

　B. 村头儿那棵老树的树洞

　C. 张大爷的后花园

3. “我”那个时候多大？（　）

　A. 十几岁　B. 八九岁　C. 五六岁

通过此关，你便可获得“土蝼”的力量！

土蝼　有一种兽，形状像羊，有四个角，名叫土蝼，能吃人。

“昆仑之丘……有兽焉，其状如羊而四角，名曰土蝼，是食人。”

——《山海经》

《独船》& 常新港

常新港：儿童文学作品中的人生，不是要“吓住”孩子。苦难、磨难、挫折、社会阴暗，当然不是儿童文学中的主流，这些只是侧面。幸福、光明、快乐，仍然是儿童文学作品的主导。但一个真正的儿童文学作家，不会去刻意回避情感中脆弱的部分，包括苦难、磨难、挫折、社会阴暗，而是要将两个方面都结合起来，使儿童文学作品成为立体的，而不是单面的。

独 船

文／常新港

在北方，这种河流数不过来，地图上找不到。小黑河就是这样一条河。

三 独

几年前，这里连下了几天罕见的暴雨，河槽里的水一下子盛满了。中午时，河岸上站着一个妇女，手端着一大盆脏衣服。她在岸边来回走了几趟，怎么也找不到原来埋在河边的那块平平的大青石。那青石上常站着洗衣和钓鱼的人。

她终于沿着熟悉的、被人们踩硬的土路走向水边，找到了那块青石。青石只露着一个边角，其余部分都被水淹没了。她脱下黑布鞋，赤着脚踩在青石上。她回身把儿子的衣服拿在手里，刚一蹲下，脚下的大地好像滑动了。她没来得及叫一声，就落入水里，被急流卷走了。原来青石被水冲得松动了。

岸上有人看见，急忙呼喊着，追赶着水里若隐若现的人影向下游跑去。水，太凶猛了。没有人敢贸然脱衣下水。在下游的一个河湾处，这女人的尸体被打捞上来，苍白的手还抓着儿子那件不大的湿漉漉的衣服。

“我来晚了！我来晚了！”这女人的丈夫张木头赶到了，一手握着妻子遗落在岸上的一只鞋，一手捶打自己的胸口，重复地唠叨着，“我要是在，你就不会死……”

有人扶着张木头的肩：“张大哥，别难受了。大伙不是不救，如果有船，大嫂也许能救上来。单靠人下水救，谁也别想活着从水里爬上来。”

“我不信，我不信！我来晚了，我要是在，你不会死的！”岸上回荡着张木头哭哑了的声音。

不久，人们发现河面上出现了一条船，这是小黑河上的第一条船。挂在船帮上的桨是用红漆仔细涂抹过的。有人看见，这条船的主人张木头和儿子张石牙经常坐在小船上，漂向下游，下好夜网。然后，父子俩背着纤，拖着船，逆水而上。第二天，再划船去取鱼。

村里实行生产责任制，开始分地时，张木头包了河边上的一块水田。他不顾村里的劝说，坚决把家迁到远离村子的河边。

张木头断绝和人们的一切来往，一心一意守着自己的独屋、独船，还有独生儿子张石牙。

“爸爸！这儿离镇上中学太远了，咱们搬回村里去吧！”有一天，张石牙跟父亲说。因为他要上中学了。

“远了好！”张木头眼睛看也不看儿子，干巴巴地回答他。

“我要走很多路！”儿子解释。

“两条腿生来就是走路的！”张木头顶着儿子。

“我没有伴！”

“一天见不到一个人影更清静！”张木头没注意到儿子那束怨恨的眼光：“去！到河边守着船，别让人随便用！听没听见？快去！”

结怨

人们疏远了张木头，尽管他是一个比以前更加勤劳能干的人。

有一天，张木头赤着泥脚，从水田里走出来，把手搭在额头上，往河上一望，发现船桩上系船用的缆绳耷拉在水上，船没有了。他心里一惊，飞快地顺着河岸向下游跑去。在河流转弯的地方，他看到了那只船。船上有几个穿裤头的半大孩子，正四仰八叉躺在船板上，一边哼着歌，一边舒服地晒着太阳，任船向下游漂去。

张木头脸发青，怒吼了一声，吓得那几个孩子翻身站了起来。他们一看岸上奔过来的汉子和他那身结实的黑疙瘩肉，心里暗暗叫苦。其中有人认识张木头。

“王猛，王猛！快靠岸，快靠岸！”几个孩子慌张地对着握桨的那个孩子叫起来。

“怎么啦？”那个叫王猛的孩子回头望了望，看见岸上的张木头已经脱去了衣服，正准备下水，便叫起来，“你们怕啥？他咬人咋的？别怕！”

“这船动不得，谁动他的东西，他就跟谁拼命。天！这回让他撞见了！”几个孩子把衣服缠在脖子上，下饺子一样跳下水，向岸边游去。一上岸，头也不回地，撒开脚丫子跑了。

王猛，这个愣头青，正处在啥都不服气的年龄。他仍旧坐在船头上，看着张木头挥着两条黑鱼一样颜色的胳膊，劈开顶头浪，向船游来。当他看清张木头那气势汹汹的脸时，他心虚了，想把船划开去。但张木头是从船的前头游来的，已经把船拦住了。

王猛糊里糊涂地被张木头从摇晃的船上掀下水，好半天才在水里辨认出岸边的方向。亏得这是水势平缓的地方，没有大浪头。王猛还是灌了几口浑水，费了九牛二虎之力，快要抽筋的脚尖才触到岸边的浅滩。他哆嗦着爬上岸，一屁股坐在地上，又吐又喘，擦了一把脸上的水，看见那条船停在不远的挂网处，张木头正得意地扯起一条大狗鱼，根本没把他王猛的生死放在心上。这老家伙太少见了，简直没人味！

王猛憋足劲，对船上的张木头喊："你个老不死的，等我长大了，非把你的船用斧头劈碎了当柴烧！老东西！"

张木头被骂得在船上直跳脚。突然，他喊了一句："石牙子！你给我抓住这浑小子。"

王猛回头一看，岸上正奔过来一个跟自己年龄相仿的少年。吓得他气没喘匀，匆忙站起身，迈动着疲惫的双腿跑了。临跑前，他还回头恶狠狠地瞪了石牙子一眼。

石牙站住了。刚才王猛仇恨的一瞥，使他心里很难受。刚才父亲把王猛掀下水的情景，被他看到了。他同情父亲，又恨父亲做事太绝。

隔 阂

张石牙扛着行李，一走进陌生的学生宿舍，就感到一股冷意，初上中学的新奇和兴奋的情绪被冲淡了。有几个同学对他冷冷的，把上铺一个漏雨的角落留给了他。他听见下铺几个学生小声嘀咕。

“他爸就是张木头！”

“对！他没有妈！”

“河边上那间独屋是他家的！”

“还有那红桨独船也是他家的！”

“喂”，一个声音从门外传进来，那人端着一盆水走进来，拍了拍张石牙的床铺，“洗洗脸！”

张石牙心里涌出一股感激之情，急忙从上铺跳下来。

当四目对视时，张石牙愣住了，这个端水的人竟是被爸爸从船上掀下水的王猛！王猛长着一头刷子般直立的头发。

王猛也认出了他，扭头把一盆水哗地泼到门外。

以后，张石牙感到了王猛在同学中的权威性。他越来越感到自己孤独了。

出早操，没人叫他。

他的衣服从晾衣绳上落下来，没人拾。

踢足球时，场上明明缺少队员，王猛也不让他上场。

一天，张石牙一进宿舍门，迎面掉下雨点，低头一看，白褂上染上一小串蓝墨水。

“你怎么能这样？”张石牙看见王猛正在摆弄手里的钢笔。

“对不起，我的笔不出水，甩了两下，凑巧你进来。”

张石牙忍住了。

下午踢足球，人太少了，王猛才让石牙上场。石牙憋足劲儿玩命踢，想让同学们知道他踢得很好。可惜，一大脚，竟把球踢到操场边上的水洼里去了。

“就这点本事！真无能！”“败兴！没劲！”有人双手叉腰，用眼斜瞪着石牙，吐着唾沫，不满地絮叨着。石牙红着脸，连衣服都没脱，就跳到水洼里，把球捞出来。当他拧着湿衣服，在球场上来回奔跑时，他发现，同学们不再把球传给他了。他慢慢站住了，默默退出球场，站在球场边呆呆地看着欢笑的同学们。

晚上，石牙刚走进宿舍门，就听见屋里传出窃窃的笑声。石牙听见粗嗓门的王猛说：“谁也别说，谁说是小狗！”

石牙一走进宿舍，几个同学就都愣住了。他们踢完球，正在用一块毛巾轮流擦脚。那毛巾正是石牙洗脸用的，是一块带着红白方格的毛巾。

石牙久蓄在心底的泪水终于涌出来，扭头冲出门去。这侮辱和歧视使他忍受不了了。他知道这一切都是父亲和王猛结下的私怨所带来的，可为什么把恨都发泄在他身上？就因为自己是父亲的儿子？

有人拉他的衣服。他一回头，是黑小三，班里最小的同学，王猛的影子。

“石牙！别哭。我也用它擦脚了，一共擦过两次……刚才，我用香皂把你的毛巾洗了。你要不愿意，我给你买一条！”

张石牙哭得更厉害了。

“你还怨我吗？”黑小三小声地哀求道。

“不！我怨我爸爸！”

惩　罚

王猛从来不知愁，这两天却愁了。石牙有好几次感到王猛想主动跟他说话，但又不把肚里的话全说出来，还掩藏着什么。

石牙问黑小三：“王猛怎么啦，他好像有事？”

黑小三说：“他妈病了，想吃鱼，到处买不到。他知道你家有船，你爸又会挂鱼。可他不好意思张嘴求你！”

“你告诉他，明天我们划船去取鱼。我爸每天都把挂网提前下好，不会空网。”

“石牙，你真是个……好人！”

第二天星期日，这群孩子悄悄爬上那条船，向下游划去。

王猛一声不响坐在船上。他不敢看石牙的眼睛。当黑小三转告了石牙的主意时，王猛心里难受了好一阵。他想，一定找个机会向石牙道歉，郑重邀请石牙踢球。尽管他王猛从没向别人说过软话。

他们看见了露出水面的挂网，看见了挂网在抖动。石牙脱了上衣跳下水，一边踩水，一边从网底摘下一条尺把长的鲫鱼，扔到船板上。

“坏了！爸爸来收网了！”河里的石牙爬上船，把桨抓在手里。王猛和黑小三都慌了。

“别急。我把船靠在岸上，王猛提着鱼，赶快回家！”

张木头跑近时，孩子们已经上岸了。张木头看见王猛手里提着一条大鱼，急了，脱了鞋，提在手里，咒骂着撵王猛。他撵了半天没追到，才气咻咻转回来，怒气冲冲盯着船上的儿子。

“败家子！”张木头喷出一句带火的话。

儿子不回答。

张木头几步蹿上船去，劈手夺过船桨，狠命向儿子砸去。石牙一偏头，船桨砸在右肩上，划开一道血口子。石牙捂住肩膀，眼里流着泪：“爸，你不要太绝了！”

“你敢顶嘴？拉纤，把船给我拖回去！”张木头挥着手里的桨，脚把船跺得咚咚响。

石牙背起纤绳，微弓着背，一手捂住肩头，在岸上走着。张木头坐在船头上，看着儿子拉纤的背影，拉长了脸说：“今天我罚你，我教训你，你就得听着！我掉的汗珠子比你吃的饭粒子都多，过的桥比你走的路都长。你听见没有？”

石牙没有回答。

“你这小子，越上学越坏了。明天，把行李从学校取回来，甭上学了。在家帮我干活儿！”

石牙站住了。船也停住了。

“怎么不拉了？”张木头瞪着眼睛。

“爸！你说什么我都听，别让我辍学！”

“那好。你听我说，你妈死时，没有一个人下河去救。我去晚了，不是亲人，谁也不会舍命。你知道我的意思吗？”

“知道！”

“如今世上好人少了，活在世上别太傻，你知道吗？”

“知道！”

“你背上怎么了？”

石牙低头看了一下自己的肩膀，血口子张着嘴，涌出的血把衬衣染红了。

张木头从船上跳到岸上：“你怎么不告诉我？”他撕开衣服，给儿子包扎上。

儿子含泪的眼睛使他受不了了：“你有啥话就说！别怨爸爸手狠。我可都是为了咱家好！为了你！”

“爸！把船借给我用一用吧！”

“干啥？”

“我的同学王猛……”

“闭嘴！这船是我的！不是你的！”

石牙擦了一把泪，咬着牙，背起纤绳向前走了。张木头疑惑地盯着儿子的背影。

大　水

又是几天的暴雨，河槽注满了水。小黑河发怒了。这是石牙肩头受伤后在家养伤的第三天。

张木头也惧怕这场暴雨。眼前的情景使他想起几年前那场大水。他铁青着脸，回头命令儿子老老实实待在屋里，不许走出家门一步。

他拎着一把铁锨，耳朵听着河水的吼叫，奔到水田里。他要把所有的土埂都挖开一个个缺口，把积水放掉。

河水太满了。隔夜的挂网被水冲得没了踪影；水棒草只剩个头在可怜地摇晃着；岸边上的独船不安地摆动着船尾，像一匹被主人抽打而要奋力挣脱缰绳的烈马；那块大青石终于被水卷走了，留下一个漩涡；一条黑鱼拖着一根钓竿从上游茫然地冲下来，近了，才能看清鱼已经死了……岸边上没有了淡淡的水草香味，只能闻到从上游泻下的混浊的泥水带来的水腥气。

张木头根本没想到，此时，河边上那间独屋的门突然被人撞开了。

黑小三哭过的脸出现在张石牙的面前："石牙！不好了，王猛叫水冲走了，快划船去……"

"这么大的水还游泳？"

"不是，他织了个网，想给他妈挂鱼！"

两人奔到船边。石牙解缆绳时，发现缆绳被父亲紧紧拴到木桩上，像长在木桩上一样，系着死扣。石牙马上跑回屋，抄起菜刀反身冲出来，把绳子砍断了。船马上顺着水势向下游漂去。黑小三在岸上飞跑，引着船向王猛被淹的地方奔去。

岸上有人看见了石牙，都大声喊起来："石牙来了，石牙划船来了！"

"我来了。"石牙在心里回答了一声。他第一次感受到同学们对他的尊重，把他当作一个有用的人。这是一种呼唤亲人的感觉，是石牙期待已久的。

突然，水面上浮现出一个黑影。石牙立刻认出那是王猛刷子一样的头发。王猛的头若隐若现，像在潜泳。石牙想把手里的桨伸给王猛，可王猛的手无力地在水面上举了举，又沉底了，在水面上形成了一个水涡。

石牙突然大喊一声。当时，谁也记不得石牙子喊了一句什么，便传来了扑通一声。岸上的孩子们看见船上的石牙消失了，船板上只滚动着那根红漆木桨，还有石牙刚脱掉的白褂。

船失去了控制，顺着水势缓慢地转了一个头，倒退着向下游移动，仿佛也在回头留恋地朝小主人下水的地方投去最后一瞥。

石牙没有摸到王猛，正准备冒出水面缓口气时，他的腿被昏迷的王猛抓住了。两人一起沉到水里。这时，石牙感到水从鼻腔里像针一样扎进了自己的胸腔，他被无情的水呛了。

王猛借助刚才石牙身体的浮力，把头冒出水面，迷糊中抓住了从身边漂过的独船……

在河湾，当年打捞出石牙母亲的地方，孩子们把石牙捞了上来，静静地放在船板上。他们洗去石牙身上的泥，呆呆地围住了这只独船。

儿　子

“石牙子，把尸体从船上掀下去！我的船上不能摆死人！”

岸上跑来了张木头。他刚才听说又淹死了人。他用嘶哑的声音命令儿子。当他跳到船板上时，后退了一步，呆住了。

几个光身子的孩子跪成一圈，仿佛在等待躺着的人睡醒，这个一动不动的孩子赤裸的肩膀上，有一道刺目的泛红疤痕。啊，这是自己的儿子！张木头傻了。

王猛慢慢爬起来，爬到石牙面前，胆怯地伸手去抚摩石牙的脸。突然，他把手缩了回去，害怕地问："石牙！石牙！你怎么啦？你怎么啦？石牙……"当发现船板上那件染上蓝墨水的白褂时，王猛一把抓在手里，把脸埋在里面，哽咽地哭出来："我还有话跟你说，石牙……"

水仿佛快要凝固了，像黏稠的液体在缓慢流动。岸上的孩子跟在逆水而上的独船的后面，默默地走着。

张木头自己背着纤，拖着船。他不让别人拉纤。他一步一回头，看着儿子的身躯仰卧在船板上，随着浮动的船起伏着，像在水里仰泳。他想起了几天前儿子捂住肩膀拉他时的情景，默默地在心里呼喊："我为什么要惩罚儿子？"他双膝突然一弯，背上的纤绳滑落下来。他趴在岸上，手捂住脸，声音从指缝里挤出来："石牙子！你……"

他一面悲怆地哭着，一面重复着几句话："你太傻了！我的儿子，你真是太傻了！就剩我一个人啦！就剩下我一个人啦！"

"爸爸！"

张木头猛然听见一声喊，抬起泪眼一看，王猛跪在了自己面前。

"爸爸！"

紧跟着，黑小三也跪下了。

张木头呆住了，好半天，才用手捶打着地上湿漉漉的泥："石牙子！这船是你的，我答应你了！这船是你的了，你听见没有？你怎么不站起来！”

孩子们都哭了。

没过几天，村上的人都拥到河边，把张木头的小屋迁回了村里。人们尊敬他。

王猛一直保存着石牙那件白褂子。他经常去看张木头，做一些石牙活着时应该做的活。

人们常常看见张木头蹲在河边，守着那条独船。一遇到人，他就迎上去问：“你们用船吗？你们上船玩吧，这是我家石牙子的船！”

人们都不愿轻意去使用这条船，这条小黑河上唯一的船……

小耕私储备

常新港的“船”

石牙的船

一个男孩忧伤地坐在船上看着水面。

张木头断绝和人们的一切交往，一心一意守着自己的独屋、独船，还有独生儿子张石牙。

“爸爸！这儿离镇上中学太远了。咱们搬回村里去吧！”有一天，张石牙跟父亲说。

“一天见不到一个人影更清静！”张木头没注意到儿子那束怨恨的眼光。

踢足球时，人太少了，王猛才让石牙上场。石牙憋足劲儿想让同学们知道他踢得很好，可他发现同学们不把球传给他。他慢慢站住了，默默退出球场，呆呆地看着欢笑的同学们。

他们踢完球，正在用一块毛巾轮流擦脚。那毛巾正是石牙洗脸用的，石牙久蓄在心底的泪水终于涌出来，扭头冲出门去。

黑小三说：“王猛他妈病了，想吃鱼，到处买不到。他知道你家有船，可他不好意思张嘴求你！”

“你告诉他，明天我们划船去取鱼。”

“石牙，你真是个……好人！”

黑小三哭过的脸出现在张石牙的面前：“石牙！不好了，王猛叫水冲走了，快划船去……”

岸上有人看见了石牙，都大声喊起来：“石牙来了，石牙划船来了！”

“我来了。”石牙在心里回答了一声。他第一次感受到同学们对他的尊重，把他当作一个有用的人。这是一种呼唤亲人的感觉，是石牙期待已久的。

短篇小说之王

常新港是中国“短篇小说之王”，他创作的短篇小说数量之多，整体文学水平之高，在中国儿童文学界无出其右。

——安武林

当一大批中年作家逐渐淡出短篇小说创作的时候，常新港却以大量内涵丰富、艺术上乘的短篇少年小说挺立潮头，成为短篇少年小说领域里一道独绝的风景。

——李学斌

作者是怀着对北大荒深沉、真挚的爱为北国少年塑像的。他笔下的少年形象，有着雪压冰封的北国特有的气度和风采。他着力表现在逆境中拼搏苦斗的北方少年，从他们身上开掘北大荒那种豪迈、憨厚、坚韧不拔、开拓进取的性格。

——束沛德

常新港什么时候开始爱上写作的呢？

常新港：我小学时的作文很不错，每个星期都盼着作文题布置下来。因为我的作文总是被老师在全年级朗读出来，被老师在学校走廊里的黑板报上全文刊出。记得有一篇作文叫《第四个第一》，被老师在题目旁边写上“小说”。看见那两个字，作家梦才开始了吧！因为同学们不说“你的作文上了黑板报了”，而是说“你的小说上了黑板报了”。爸爸是语文老师，也是文学爱好者，他在20世纪80年代初就出版过长篇历史小说《三色水》。在我小时候，爸爸在写大部头小说时，常常让我帮助他抄写稿子，我一边抄，一边读。我常常想，哦？小说是可以这样写的？是可以这样虚构的？是可以把不存在的事情写得跟真事一样的？文学的那棵小苗，算是从心里拱出来了。

狗的三十五年相当于人的一百六十岁

灰利是狗。它是一条生活在一九七六年的狗。它如果能活到今天，那就是三十五岁了。可是，狗的最长生命平均只有十五年左右。人的生命有七十？扳着手指头一算，狗的三十五年相当于人的一百六十岁。这是人的理想算法。

——《灰利在前 我在后》

我和青青、可仁一直以来关系最好。最近，青青的穿戴讲究起来了。青青个子高，穿什么都好看。可仁也长得挺漂亮，但她脸上老长红疙瘩，所以她对青青的穿戴很在意。

——《青苔上身》

午夜里突然下雪了。雪是偷偷摸摸落下的，爸爸用麦秸盖住的柿子秧下的四个西红柿还没摘下来。可这时候，雪就下了起来。

——《童年的柿子》

这只狗被卖给萌芽家的时候，萌芽和妈妈根本看不出它的实际年龄。萌芽的妈妈把它身上包裹着的破衣服松开时，第一眼看见的是它皮下的骨头，身上根本没有肉，萌芽的妈妈掩嘴叹息了一声：“小可怜啊！”这只狗猛然抬头看着萌芽妈妈的眼睛，像是见到了久别的亲人。

——《毛帽子毛背心毛袜子》

男生杜北是个自恋狂，以为女生笑他是脸上有东西，就对着玻璃左照右照，然后把脸凑过来，指着自己的人中附近对我说：“你看，这里肿了！”第二天，杜北的上嘴唇不但没消肿，连下巴都肿了。下个星期一，杜北没来上课，听说跟班主任肖老师请病假了，原因是——治下巴！大家都乐了。

——《金鱼的头顶上没有钓钩》

听大人说，这几天榛子多得都落到了地上。昨天，我想进山采榛子。爸爸举着巴掌吓唬我说，山里树上的那些毛毛虫都能把我吃掉。我才不信，便去找明生，明生愿意去，就是有点儿怕。

——《回来吧，伙伴》

作家的变与不变

文／汤　锐

很少有哪个儿童文学作家像常新港一样给我这种矛盾的感觉：他总是在变，又一成不变。

20 世纪 80 年代，中国少儿文坛崛起了一批虽然年轻却已有丰富多彩人生体验的年轻作家，常新港是其中之一。他的第一部获得全国大奖的长篇小说《青春的荒草地》，带着那个时代特有的烙印。当时的少儿小说作家们，大多出道不久，年轻稚嫩，有一腔滚沸的热血要喷发，又适逢一个充满启蒙主义激情和宏大叙事冲动的时代，文学表达的动作难免有点儿用力过猛。也就从那时起，一个沉重悲壮的少年小说家常新港在我脑子里定格了好些年。而 2004 年以来，随着他的长篇小说《陈土的六根头发》《五头蒜》一再获得全国优秀儿童文学奖，常新港也让我们领略了他越来越松弛自如、游刃有余的文学表达。

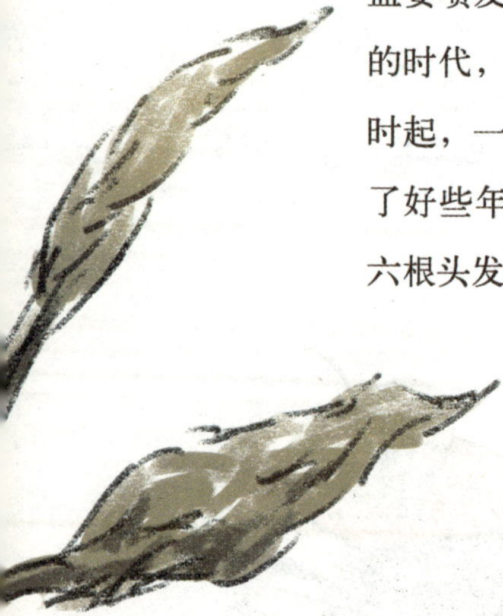

最近，读到了他的最新长篇小说《青草的骨头》，惊讶地发现：他又变了！

乍一读，满纸大白话，似乎什么修辞都没

有，朴素到家了。可是读过几页我就已经有一种“进去了”的感觉，开始漫上来一种想要拍案叫好的冲动。

作者在那里慢慢地、气定神闲地、安安静静地讲北大荒一个小院里的故事。几乎全部是短句子，几乎全部是简单句，几乎没有形容词，很少的定语状语补语，没有过多的风景描绘或者大段内心独白，把生活的本来面目，尽可能原生态地和盘托出——行动和对话。孩子的生活、孩子的事情、孩子的想法，用孩子般质朴无华的白描文字写出来，流畅、自然、充满真情实意！不是每个作家都能抵挡得住华丽修辞的诱惑，我相信，常新港一定是想清楚了自己究竟要什么。

说到常新港的不变，是从写作题材和主题的角度看，他似乎很少追逐热点，只写自己感触最深的生活积累；手法上不媚俗不迎合，不向热闹市井中心去，而是循着内心的小径向文学的腹地开掘。少年人的“成长”始终是他钟爱的，《青草的骨头》似乎是三十年前《青春的荒草地》之翻版，同样的题材，同样的成长内核，连小说标题中都有“青”“草”二字。仍然是熟悉的时代，熟悉的生活，熟悉的人物，但是内涵更丰厚了。作家分明是要用一种全新的叙述方式、全新的语言来重新诠释他记忆中那一段刻骨的人生历练。

三十年过去了，一切绚烂归于平淡，作家常新港成熟了，蜕掉了青涩的、戏剧化的一切，简洁、质朴、直抵人心，追求着朴素中的内涵、平淡中的力透纸背。常新港通过他的变与不变，展示了新的创作审美追求。三十年，见证了一位作家和他笔下的少年一同成长。

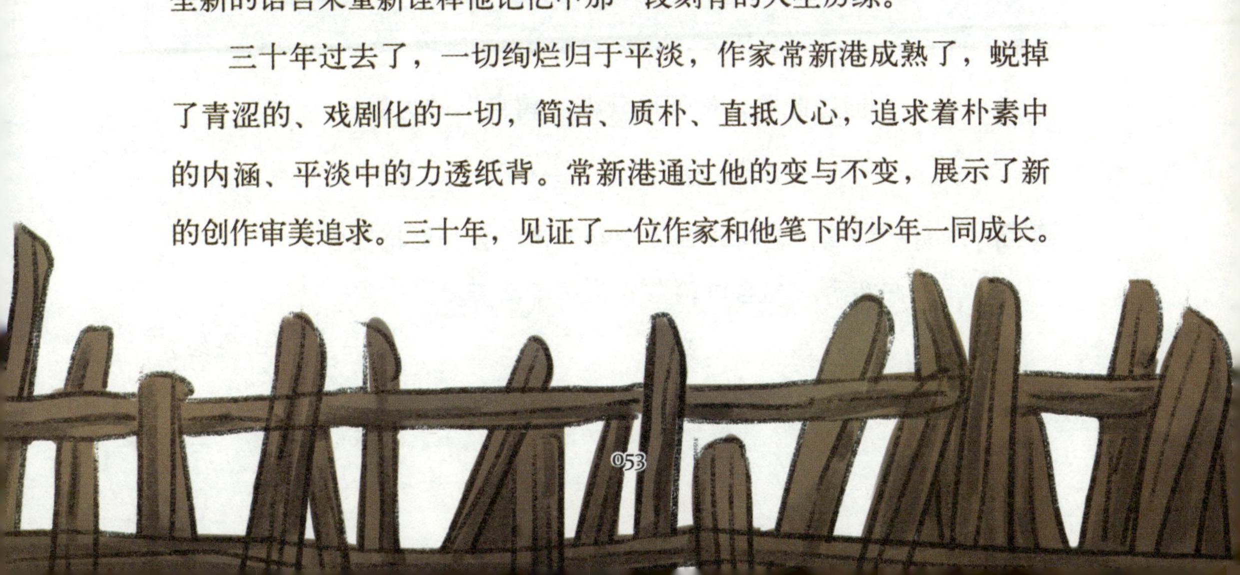

游戏时间

第二关

昆仑丘寻“鹑鸟”

1. 同学们用张石牙的毛巾擦脚，是谁用香皂给他的毛巾洗了？（　）

   A. 黑小三　B. 王猛

2. 王猛为什么被大水冲走了？（　）

   A. 他织了个网，想给他妈挂鱼

   B. 天太热，他踢完足球就想去洗个澡

3. 王猛一直保存着石牙的什么？（　）

   A. 球鞋　B. 白褂子

通过此关，你便可获得“鹑鸟”的力量！

鹑鸟　有一种鸟，名叫鹑鸟，掌管天帝的各种服饰器物。

“有鸟焉，其名曰鹑鸟，是司帝之百服。”

——《山海经》

《河澡》& 薛涛

薛涛：作家要有户籍，谁都别天真指望自己会成为世界公民。就算你取得了世界公民的户籍，你也有一个精神故乡。什么是精神故乡？就是不管你走到哪里，就算你到了火星，当你孤独难耐闭上双眼，一个图景渐渐清晰，炊烟、原野，继而是鸟鸣、虫唱……这个声像兼备的图景就是你的精神故乡。东北作家最大的财富就是他们内心深处的精神故乡，他们都是有根的人，他们的创作都是有根的创作。

河　澡

文／薛　涛

孩子们顶着中午的太阳跑到河边。三下两下，背心裤衩就扬开来，挂在河边的柳杈上。

“谁先下？”

“你先下！”

“我不。”

“你下。”

帽盔胆大，可帽盔也躲闪。兔子就更不行了……

“扑通！”兔子被人推下去了。

“绝啦！”

“绝啦——”

兔子快挨近水面时已调整好了姿势，像条鲤鱼。孩子们纷纷夸兔子扎水时的漂亮姿势。

许久不见兔子露出水面，孩子们一想，兔子这下保准扎到河水深处去了。孩子们蹦跳、欢呼。孩子们想等兔子一露出水面就扑通扑通“下饺子”，可仍不见兔子露出头来。指头先慌了。接着孩子们都惊惧地盯着水面，水面静悄悄的。

“兔子完了！”帽盔说。

“兔子——”

“救命啊！”

“救命——”

兔子爹听见了喊声，撑着渡船来了。岸上，气氛紧张起来。

扑通一声，兔子爹撇下竹篙，跳进水中。

兔子爹把兔子从水中救出来才知道落水的竟是自己的儿子——兔子。

“兔儿兔儿兔儿——”兔子爹水淋淋扑到兔子身上……兔子一直没睁开眼睛看爹和小伙伴们一眼。

孩子们都垂着头抽泣。指头没有。

孩子们都散了。指头坐在河边的柳树丛里独自抽泣。

兔子埋在一丛柳树旁。孩子们都来送。兔子爹和兔子娘趴在兔子的坟上，脸和头发都沾满泥土。孩子们愣愣地看着。帽盔又哭了，低头同指头讲兔子活着时对他的“好处”。指头闪到人群后面，心给揪得特别疼。兔子对他够意思。可指头有点儿哭不出来。

兔子爹突然扬起头，瞪圆了眼睛吼了一声：“兔儿！谁把你推下去的，你就把谁拽到河里，淹死他！兔儿——”

孩子们听罢都盯着兔子的坟。帽盔不流泪了。指头缩了缩身子，拉紧帽盔的手。

“不是我推的。”

“也不是我。”

“谁啦？”

“反正不是我。”

孩子们都走了，离河远远的，从此再也不敢下河。指头一到晚上就梦见兔子，兔子水淋淋地跑来拽他，他就拼命地跑啊跑啊。指头上学再坐兔子爹的渡船，总坐在船中间，眼睛死死盯住水面。

这天，指头和帽盔一起上学，站在河边喊渡船。

“你喊。”

“我不喊，你喊。”

两人都怕惊动了兔子，都不肯喊兔子爹的渡船。

“猜拳，谁输谁喊。”

“行！”

猜拳。指头出“布”，帽盔出“剪刀”，指头输了。指头便只好壮了胆子，喊：

“过河喽——”

“过河喽——”

兔子爹将船撑过来了。他眼睛肿肿的。

“今儿个船有毛病，一回只能载一个。”兔子爹盯了指头一下，说：“帽盔先过。”兔子爹说着将帽盔拎到船上。船向对岸漂去。

帽盔上了岸向指头挥了挥手，向学校方向跑去了。指头一阵心虚，望了望水面。水面上不太平静，不时地泛起波浪，就像那水下有不平静的漩涡在转动。谁知道是怎么了呢。指头的心里生出一团乱草。

兔子爹把指头抓到船上，放在船帮上。指头一抖，慌忙挪了几下，坐到船中间。

“那儿不兴坐。”

“这怎么啦？”

“坐那儿不稳。坐船头。”

兔子爹鬼鬼地看着指头。指头只好不情愿地动了动身子，依吩咐，坐在船头。兔子，我坐在船头了……指头在心里默默地对兔子说。

船向河心漂去。兔子爹突然喊了一声“坐稳！”脚向一侧用力，河岸便斜立起来。指头栽到河里去了。兔子，我来了！河水，淹过指头的脖子。

“兔子——”

“兔子——”

“饶命啊……兔——子。”

指头拼命叫喊拼命挣扎，他绝望了。在指头就要放弃挣扎时突然感到身子被什么托住了，并且慢慢上浮。兔子？只能是兔子在帮忙。指头的感觉混混沌沌。指头想，该睁开眼睛看一看兔子，已经好几天没看见兔子了。上学的路上再也没有兔子了。指头刚要睁眼睛，却被水呛了，疼。再睁开眼睛时，眼前一片蔚蓝。吱溜——两只麦溜鸟飞过。天空！鸟！指头慢慢清醒了，一口水呕出来。

原来，是躺在船板上了。兔子爹湿淋淋地撑着船，水顺着裤脚流下来，把脚旁的船板染出一块湿迹。

“兔子没拽我去？”

“没有。”

“兔子跟我闹着玩？”

“嗯。没真淹你。”

“兔子，真够朋友。”

“你也湿啦？”指头侧过脸看着兔子爹。

“兔子把我也拽去了，也是闹着玩的。我也回来了。”兔子爹想了想说。

船头顶在泥岸上，轻轻顿了一下。指头闭上眼睛，身子随着船摇晃了一阵，像摇篮。兔子啊……指头很想念兔子。刚才在水中怎么不睁开眼睛看一眼兔子呢？指头很后悔，以后大概没有机会看见兔子了。指头睁开眼睛，说出一句藏在心底很久的话：

“兔子，是我推下去的，我也开玩笑的，可是兔子没回来。”

指头说罢开始抽泣。

“大叔第二天就打听到了。刚才大叔对不住……”

兔子爹说了半截话。指头等了很久，可剩下的半截再也没讲出来。

渡船在岸边摆来摆去……

小耕私储备
薛涛的“河”
谁先下？
我不。你下。
你先下！
不是
推的。

不我。
反正不是我。
兔儿！谁把你推下去的，你就把谁拽到河里，淹死他！兔儿——
谁啦？
兔子——饶命啊……兔——子。
大叔第二天就打听到了。刚才大叔对不住……
"兔子，是我推下去的，我也是开玩笑的，可是兔子没回来。"

空灵又切近

薛涛的作品都极度地淡化故事的外部时空，淡化故事的时代背景，以虚化的意象世界表现人性中永恒的、彼此都能相通的东西。很空灵，感情上又觉得很切近。

——吴其南

薛涛小说很善于营造一种艺术氛围，短小而富有诗意，蕴含某种哲理境界，他几乎是用诗歌和散文化的笔调来构筑他的故事，这与他是从微型小说创作入门走向小说创作的有关。微型创作简洁、凝练的笔法锻炼了他，使他很善于把握作品的凝聚点，在有限的篇幅中艺术地表现一些永恒的精神与情感的东西。

——周晓波

薛涛不是个“读书人”？

资深儿童文学作家薛涛，读过很多书，也写过很多书，但他没有咬文嚼字的腔调和骚情赋骨的气质，缺乏一点儿知识分子无伤大雅的愤怒或是傲气，他甚至很乐于拿自己“没文化”的形象来打趣。“我不愿意在与人交往的过程中，把自己定位成一个很缥缈的‘读书人’，我希望做一个活生生的人：生命力旺盛、禁折腾、抗打击、有些义气、懂些道理、知些是非，我读书无非就是为了完成这些任务。”薛涛说。

所有期待的奇迹都住在海底的迷宫里

所有期待的奇迹都住在海底的迷宫里。爸爸们临上船时，我们规规矩矩的，纷纷表示再不捣蛋……轮船一离开码头，我们便雀跃欢呼，在沙滩上尽情享受着爸爸们不在时的自由。但是这次，爸爸们的船一直没有回来。那天，一艘破船由一艘轮船拖进了海湾。妈妈们全都赶到港口，可那破船上，只有我爸爸走了下来。他们……我爸爸说不下去了，眼泪滚落下来。

——《海爸爸，蓝房子》

车前草、野山菊、蒲公英……小菊知道它们的名字。它们的名字比她的同学们的名字好听，他们有了英文名字以后情况也未见改观。Jong、Coco3……也不知是什么意思。小菊的同桌叫 Six，这很简单，因为他有两次期末考试都排名第六。大家公认顶数这个英文名字最土。小菊一点儿都不时尚，没给自己取英文名字，反正她偷偷地就管自己叫小菊。

——《“花舍”邮局》

绵绵秋雨在通往帽儿山的公路上扬了一路墨迹。我们沿着黑黑的墨迹接近虎溪窑。不过，秋雨还在空中撒了一层雾气，让前途和目标变得神秘莫测。道路两旁的草木沁出秋天的气息。雨点打在草木上面，那些气息便滴滴答答迸溅起来，把整个旅途熏染得无比绚烂。

——《虎溪窑·猫》

那天放学，我发现胡同口槐树上的蝉不叫了。我问在树下擦鞋的老徐，老徐告诉我，立秋了，这些小东西就老实了。闹了一个夏天，树上突然没有声音了，我就觉得要有什么事情发生。晚上，赵叔叼着长长的烟卷来了，告诉爸爸他们造船厂的车间大检修，这两个月不用上班了。

——《我家的月光电影院》

小离妈妈跟紫音的这次见面才是真正的意外。至少紫音这么认为，刚才她尴尬极了。“究竟怎么回事？”小离把声音压得低低的。“谁知道，这不是我俩能搞清楚的事情，你妈妈好像看不见我。”

——《正午的植物园》

薛涛的“自传”

文／薛　涛

我什么体裁都写。

当然，主要写小说。我也写诗歌和童话，更喜欢写散文。

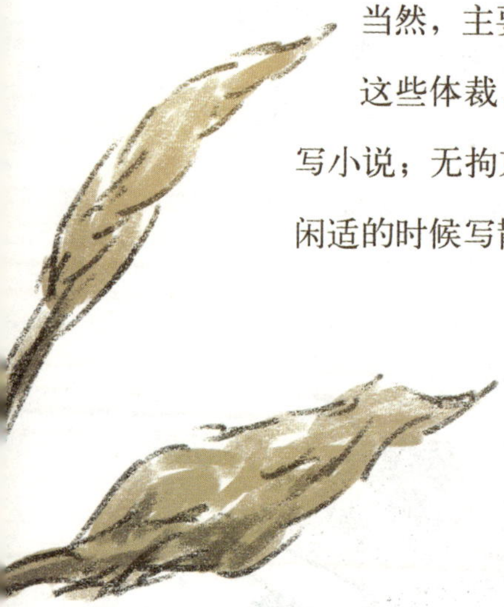

这些体裁，好像是为我的各种心情准备的。专注、悠长时写小说；无拘束、想恶作剧时写童话；饱含爱意的时候写诗歌；闲适的时候写散文。

这些题材，又好像是为我的许多素材准备的。好像做过护林员的父亲给我一棵大树，主干和分枝我要写成小说；枝叶直接闪动的光影，我写成诗歌；藏在枝叶里的虫子们，我写成童话；那些飘散而去的叶子，也不能任它们飞走，

我要写成散文。

写散文的时候，我保证真实性。有些细节凭借回忆写出来，难免掺入想象，但是不会动摇整体的真实性。

这些散文，写我的行走，写我的记忆，写我内心里的情怀。

这些散文堪称我的“自传”。

游戏时间

第三关

昆仑丘寻“沙棠”

1. 兔子被埋在哪里？（　　）

A. 一丛柳树旁　B. 一棵松树旁

2. 到底是谁推兔子下水的？（　　）

A. 帽盔　B. 指头

3. 兔子爹是故意把指头晃下水的？（　　）

A. 是的　B. 不是

通过此关，你便可获得“沙棠”的力量！

沙棠　昆仑之丘有一种树，形状像棠，花是黄色的，果实是红色的，味道像李子但没有核。

“昆仑之丘……有木焉，其状如棠，黄华赤实，其味如李而无核，名曰沙棠，可以御水，食之使人不溺。”

——《山海经》

《选一个人去天国》

& 李丽萍

李丽萍：我极力去把握每一个细节，推敲每一个字句段，避免留下丁点儿的缺憾。我写着，沮丧着，沉重着，叹息着，怀疑着……

选一个人去天国

文／李丽萍

十四岁那年，我上了难忘的一课，就再也不能给别人起绰号了。

我注意上了学校里一个叫刘正月的女孩子，每天上学都想看见她，或者让她看见我。每天早起我把头梳了又梳，还找到了一块妈妈用过的又小又旧的手绢揣在身上，我想让她看见我是全班第一个不用手擤鼻涕的人。但是我不能老用这块手绢，因为山坡上学校里的水井经常坏掉，没法子洗它。

我觉得刘正月比城里的那些女孩子还好看，城里的女孩子不过是倚仗着好看的衣服和化妆品，但刘正月什么也不用就好看。弟弟秋宝也同意我的看法。

刘正月长得好看，她自己却不知道。我常在路上遇见她，我一朝她看，她乌黑的眼睛就会露出惊慌的神情。我们刚走，她就把背上的猪草筐或者书包放下，把自己全身上下检查一遍，她以为自己的脸没洗干净、扣子扣错了或者辫子散了。

有一天放学，我给她起了一个绰号“小美人”。她愣了一会儿，羞红了脸，哭着跑回了家。就在当天晚上，她那没上过学、脑子有点傻的妈就领着她找我算账来了。

那晚我和妈，还有秋宝正在院子里砸葵花头，看见有两个人顺着坡上来了。等看清了那两个人，秋宝用腿碰了碰我，紧张地说：“她妈来了。”

刘正月的妈气势汹汹地上坡来，一手拽着刘正月，刘正月藏在她的衣衫后面，委委屈屈抽抽搭搭，不时偷眼瞅我。她妈一见我们就破口大骂起来：

“……欺侮我们！还骂我们美！一个屯子住着，谁不知道谁呀，说我们美，你才美呢！找了个男人，美得不得了了，全家都跟着美，死了的爹都跟着美，都美死了！”

她身子往前一探一探地骂，又脏又乱的头发也跟着一耸一耸的，她骂一句，刘正月就紧张地拽她一下，一气骂到天彻底黑下来，暮色完全笼罩了山谷，直到刘正月大哭起来，她这才住了口。我们几个在院子里像河滩上的石块一样纹丝不动，一声不吭地听着，看着她走远。

下了山，一路上她仍骂个不停。“说我们美！你才美呢！”从暮色苍茫的远方，传来她最后一声控诉。

我和秋宝这才回过神来，才知道有一件事比挨骂更可怕——我们要有一个后爹了。如果不是刘正月的妈把这事说出来，妈还要瞒着我们呢。

我们都看着妈。妈手忙脚乱地砸着葵花头。“根本没那回事。”

她被自己撒的谎羞红了脸，不知如何是好。

“我想有个人帮帮我，让日子好过一点儿，让你们能够吃得好、穿得好一点儿。”妈说着突然间哭了起来。

我像被烫了一下似的奔出院子，什么也看不见，因为泪水模糊了我的眼睛。跑了好久还没平静下来，耳边仍轰响着刘正月妈妈的话。

天渐渐黑下来，我在地里坐着，肚子很饿，但仍不想回家。寂寞中有只蚱蜢跳上我的胳膊，我把它捉住，使劲儿向远方抛去，它在空中划出一道弧线，无声地落下。这天晚上，万籁俱寂，从远山背后慢慢升起一轮又大又圆的月亮，照得大地亮如白昼。萤火虫在我的眼前飞来飞去，远处飘来阵阵干草角香味。村子里有一头毛驴呜嗷呜嗷地叫，像是在笑，又像是在哭。还有一头牛拉长声音哞叫；村子中传来谁家妈妈响亮地呼喊孩子回家吃饭的声音；湍急的牦牛河发出喧闹声；狗在叫，有人在砰砰劈柴……我悲伤地想，我为什么要听这些声音呢，这些声音和我有什么关系？

事情很快在村子里传开了，人人都在议论，我很快就听说了那个要娶我妈的男人，他叫刘树生，就住在我家对面的那个村子里。我说他平时怎么有点异样呢。有时他劈柴，劈一会儿就直起身朝我家看看；有时他坐在河边，眯缝着一眼朝我家的方向看着，嘴里不断嚼着一根草，脸上的表情好像正在嚼一样很苦的东西。他是个斜视眼，当他看着什么东西的时候，总习惯眯起一只左眼。

他是林场的伐木工，平时既不用播种，也不用耕田，拿着锯子往树林里一走就行了。村子里的许多人都挺羡慕他，好像挺支持我妈找这样的男人。当然也有反对的，说什么的都有。

有一天刘树生劈完了柴，拢在一起抱起来，涉过河，朝我家走来了。那天我正在放羊，秋宝在一边玩儿，见他远远地走过来。我假装没看见他，一声不吭地盯着地面，手里不由自主地拽紧了牵羊的绳子，使我的山羊费尽了力气就是够不着沟边的青草。当他走近我们两个，一股森林里的气味直冲鼻子。

刘树生和我俩没话找话，问这问那，最后把那些木柴留下走了。可恨的是，秋宝这个软蛋竟然跟他搭话，还替妈收下了木柴！我恨恨地看着秋宝，等刘树生走了，我抛下绳子走过去就是一拳，照准他脸打的。看着秋宝号啕大哭着跑去找妈告状的样子，我非常解恨。

一连几天刘正月都在放学的路上等我，可是我一看见她掉头就跑。我在前边跑，她在身后追，边追边喊："秋山哥——你听我说——"

我跑去牦牛河边，脱掉衣服，三两下蹬掉鞋子，猛吸一口气箭一般地跳进河里，潜在水沫之下。秋天的河水好凉啊，好歹还能挺住。我趁着跳水的惯力疾速潜游着，两腿一开一合，像只慌忙遁去的青蛙。直到她走开，我才浮出水面，一边喷着鼻子，一边啐着嘴里的水，水里有一种沤草的味道。

"她呢？"我问秋宝。

"走了！"

于是我爬上岸，匆匆穿上背心、短裤，只用了几秒钟。这时秋宝已往坡上走去了，我跑到槐树跟前追上他。我们依照老习惯，在树上刻上我们的身高，现在已超过刻在树上的历年洪水的水位了。

前面还有一段陡坡要走，这段路我们走起来像玩跳房子游戏似的，专拣最难走的地方，一会儿上坡，一会儿下坡。

“你为啥躲着她？哥？”

“不知道。就是不想见她。”

“我知道你喜欢她。”

“瞎说！”我的脸红了。等秋宝看不见，我赶紧用手冰着脸，好让发烫的脸凉快一下。

其实我早就不生刘正月的气了，后来她从家里拿了几个香喷喷的烤地瓜塞给我，我就彻底地原谅了她。

“你可真够傻的。”我开门见山地说。

她叹了口气，表示同意：“我知道你不是骂我。”

“那你还跟你妈说我骂你？”

刘正月的脸红了。

我们和解后，反倒比从前要好得多，放了学一起走，干完了家里的活，就相约到河边玩。有时秋宝也来，我们一起玩得很痛快。我们像野人似的大声喊叫：“噢——嗬！”我先喊，然后是秋宝和刘正月。山谷里的回声将我们的喊声连成一片，按先后顺序回应着。

夏天的河岸上开着漫天漫地的黄花，我们躺在花草丛中，被太阳暖暖地晒着，望着辽阔的蓝天。“什么是美好的生活呢？”我模糊地想，然后回答，“就像现在这样！”

刘正月说起她的姥姥，她很想念她。她姥姥是被这条河冲走的，这条河几乎每年都带走一两个人。时间已经冲淡了她的记忆，使她不再难过，她能很平静地谈起她的姥姥。

山里的学校曾来过一个漂亮的城里女孩子，是大学刚毕业来实习当老师的，在山里住了没多久，她妈妈就来了，硬是把她带走了，因为山里的日子实在太苦了。她曾给牦牛河起了一个好听的名字，“天国之渡”，意思是说这条河是通向天国的。这名字真好听，刘正月最愿意这么叫它，而且由衷地相信它是通向天国的，她觉得姥姥在天国那边享了大福，她完全忘了一年前才把姥姥从洪水过后的河滩上找回来，埋进冷冰的墓地。

我不太相信远处有天国这么个地方。“能有吗？”

“有，我姥姥在的时候就说有。”

“我怎么从来没听说过？”我固执地问。

刘正月盯着我一动不动，突然间把一把沙子摔到我脸上。从那以后，我再也不敢提没有天国的事了。时间一长，我也相信了，因为刘正月把天国描述得太好了，好像她亲身经历过似的。在她的描述里，天堂是一个像孙悟空大闹天宫里的那样的城堡，在一大片白云里闪闪发光。她说着的时候，时常望着那个方向，眼睛好似蒙上了一层薄雾，仿佛看不见我和秋宝了，也看不见眼前的河岸了，而是看见了那个美丽的世界。

我们都像她一样举目仰望远方，望上老半天，我们相信那边存在着另一个世界、另一种生活。它是永恒而美好的，我的亲人们都并没有死，只不过去了那个美好的世界。只要我们想去，就能看见他们。

整个夏天我都在这条通往天国的河里游泳，一待就是几个钟头。为了不让太阳晒到，我头上顶着向日葵叶子。我在沙滩上打滚，从头到脚滚一身沙子，然后再扑通一声跳到河里去，直到皮肤被泡得发白，满身起褶才上来。秋宝和刘正月从来不爬树，也不下水，只是在岸上边玩边陪着我。他们俩信守诺言，从不把这些事告诉妈。

刘树生又来了。半夜外面的门咔嚓一声轻响，有人在门洞里摸索着，怎么也摸不到门闩，他不熟悉门闩的位置；末了，门板必会嘎吱轻叫一声，他老是摸不透门轴的脾气；还有咣当一响，他老是记不住板凳是放在外屋地上的。

在西屋里，我装作睡着了，大张着嘴，秋宝闭着眼睛一心一意地抠着鼻子眼儿，我们都当作没听见。等妈和他睡着了，我就爬了起来。

我习惯于黑夜中在屋里稳稳当当地行走，就像猫儿一样灵敏，无论是闭着或睁着眼睛，我都能走。我到厢房的空鸡窝边，掀起三块砖头，下面藏着我积攒的五块钱，我把钱装进口袋里，然后溜了出去，向村外跑去。

旷野里除了单调的蛙鸣和村子里微弱的狗叫之外，一片寂静，我头也不回地跑着，沿路踩着湿漉漉的野草，十几个带钩刺的草种粘到裤腿上。愤恨使我窒息，我甚至乞求天神地鬼大显神通，叫这个男人一夜之间从这世界上彻底消失。

我想出走，又不知该到哪里去，不知不觉一直走到河边，满腔的怒火无处发泄，只好拾起一片片石片，狠命地向河里甩去。

我一动不动地坐着，看着那条河。也就在这时，我童稚的心灵像谷穗一样渐渐成熟起来。

林场的伐木工们都用牦牛河来运送木头，所以河上游经常会漂下来许多木头，我在河水里，一看见木头漂下来就爬上去，两脚耷拉在水中，骑着木头前进。秋宝胳膊下夹着我的衣服，沿着河跟着我跑。到河流拐弯的一片浅滩附近，我就从木头上下来。

浅滩那儿集中了所有从上游漂下来的木头，一段段木头在河面上漂浮着，互相碰撞着，最多的时候遮没了水面。岸上有一些大人握着长竿，竿子上有个亮闪闪的钢钩，熟练地一下子钩住那些木头，拖到岸上来。我发现其中有一个和我差不多大的被晒得黝黑的男孩，穿着褪色的背心，也像大人一样动作麻利地干着活。他对我也挺感兴趣，一边干活一边偷眼看我。等空闲下来的时候，我就跟他打听刘树生。我想他应该知道刘树生的情况，因为这些木头中就有刘树生伐下来的。谁知他听见刘树生的名字脸色一下子就变了。

“你打听他干什么？”他问。

“就是问问。你真的没听说过他？”

“我为啥要告诉你？”他冷淡地说，看也不看我，扛起竿子就走了。

第二天我在学校看见了他，打听到他叫刘春光，他爸就是刘树生。

等放了学，我就跟上了他。

我背着书包，跳到路边的沟里，在沟里一溜小跑追踪着他。刘春光丝毫也没有察觉到我跟在身后，一直进了家，就再没出来。我在外面等得不耐烦，捡起一块石头，对着他家的窗户扔去，只听当啷一声，玻璃四处飞溅。刘春光从屋里跑出来，我赶紧趴到土坡下，没想到刘春光那么快就发现了我。

耳边传来了脚步声，他迈步走到我跟前，用脚踢了踢我的肩膀：“你，起来。”

我爬了起来，心里紧张，但还是虚张声势地卷着破损的衣袖说：“来呀，来呀！”

要知道刘春光可是我们学校的体育尖子，扳腕子冠军，他可以将整个学校的男生都扳倒，捏得人家的手腕疼得流眼泪。如果他打我，不会费吹灰之力，但是他咬着嘴唇看了我一会儿，转身就走了。

我悻悻地走了，一路上身体抖个不停。

半个月后，我家多了两个新成员，刘春光和他爸爸拎着大包小包站在院子里。他们搬到我家来了。我用眼角瞟着他们。刘春光绷着脸一声不吭，看见我便扭过头去，好像不认识我似的，看来他还记着砸玻璃的事呢。

妈从屋里出来，接过他们的大包小包，把他俩安顿在西屋。她的表情再平常不过了，好像我们从来就是一家人。

“你俩以后叫他哥。”她对我和秋宝说。从此，刘春光就成了我家的一员，他爸成了我和秋宝的爸，我妈也成了他的妈。

我再放学回家，经常可以看见这样一幕：刘树生悠然自得地坐在扫干净的院子里抽烟，旁边是一堆劈好的木柴，刘春光在一旁用小刀削什么东西，桌子上一个小小的用皮筋捆住的收音机用嘶哑难听的声音播着新闻。

我撇了撇嘴。自从他们到我家来，我新添了个撇嘴的习惯，一天要撇上十几次。

秋宝这混蛋却对刘春光充满了好奇，总想方设法凑近他，看他在干什么。他一天比一天凑得更近，终于和刘春光搭上了话。我看在眼里，气在心上，心想一定找机会再揍他一次。

我发现刘春光是个很能干的人。他无事不通，无事不晓。他能用一根火柴就把篝火点燃，就是下雨也能，连大人也做不到这点；在大森林里，他不用指南针，看树就能判定方向，原来树朝北的一面都长着青苔，我才知道这些。他对整个森林了如指掌，他知道哪里有蘑菇，哪里有草莓，还有那些神出鬼没的狐狸、在灌木丛里下蛋的野鸡、天上的飞鸟、地下的爬虫、树梢上飞窜的松鼠、在野蛋上嗅来嗅去的黄鼠狼，他都很了解，更绝的是，他还知道人参在哪里，还说要带秋宝去找呢。

我也很想知道人参的事，但就是不朝他们看，也不去打听。刘春光好像在故意气我，只跟秋宝说话，只领着秋宝出去玩，把好吃的好玩的都给他，早上他们一块去上学，晚上一块回家，好得不得了。

谁都不理我，不跟我玩，那有什么关系，我可以自己去森林。如果我一个人找到人参，一定会让他们刮目相看的。于是有一天我赌气独自去了森林。等走到一半的时候我就再也不想走了。林子里越来越黑，把太阳都给遮没了，深处传来乌鸦的怪叫。一个人真的很害怕，而且也没意思。我坐在树桩上唉声叹气。

隐约的，林子的某个地方传来阵阵欢声笑语，也许是他们俩在那儿玩。我心里酸得要命。我觉得我是个被抛弃的人。

回去的路上我郁郁不乐，路上一个人也没有，于是我放声大哭起来。随着我的哭声，太阳一下子坠入了森林，森林突然变成了橘红色，渐渐地呈蔚蓝色，然后是深蓝，蓦地又变成了乌黑，最后所有树木连成了黑压压的一片。

第一次跟刘春光说话是在几天以后。我和秋宝给猪圈起粪，这是又脏又累的活。忽见刘春光挽上裤腿也拿着把铁锹进猪圈来了，他朝手心里啐一口，猫下腰猛劲儿干起来，也不看我一眼。我从眼角看着他，压低声音问秋宝：“你怎么带他来了？”

“是他自己来的。”

“嘁！”

干着干着，我和刘春光忽然咚地撞到一起。我们直起身互相看看。秋宝紧张地盯住我俩，随时预备着来拉架。

“你们上屋吧，这点活儿，我一个人干得了。”他一副和蔼声调地对我说。

“嗬，口气不小哇。”我阴阳怪气地说，把铁锹插在粪堆上。但我并不想走，便一屁股坐在猪食槽上看着他。秋宝见此机会忙说些闲话，生怕我们会吵起来。他的努力没有白费，我也忘了和刘春光较劲，我们开始说话了，就在猪圈里。

“……我会很多事，就是不会游泳，”刘春光说，“也不是笨，是我爸不让。我妈就是被水冲走的，听说过吧？”

“听说过。”

“听说你游得好，能教我吗？”

我点头：“那行，但是你们出去玩得带上我。”

“说定了！”

我们边说边干，一会儿就把粪全都挖了出来。秋宝不时欣慰地看看我和刘春光，朝手心里使劲儿吐口唾液，劲头十足地挖着。他觉得生活真是太美好了。

四个人一起的日子真有趣。我们在林子里野炊，捉住野鸡，剪去翎毛放在鸡舍里当家禽喂养；把麻雀用细麻绳绑住腿，系在长竹竿顶端当风车玩；还捉了一只松鼠送进编好的笼子，教它“踏水车”……后来我们还是把野鸡、麻雀和松鼠都放了。使一个小生命重新获得解放，是一件值得喜悦的事情，能运用这种权力，也不失为骄傲！刘正月抢到了开放笼子的权力，看着它们仓皇逃进密林的背影，每个人心上都流过一阵欢欣的情绪。

要说的是，我和刘春光说话之后，他还是愿意和秋宝在一起，他们一起玩的样子要多快乐有多快乐。有时忽然想起我才来理我，也许是我心里并没真正地接受他，他感觉得到，也许他们天生就是好朋友，这我就没办法了。反正我挺嫉妒的，心里酸得要命。

让我终生难忘的那场事件是由一场误会引起的。它是一件不幸的事，没有人故意让它发生，它就那么发生了。

那天我和刘春光游泳回来，见刘树生坐在院子里，没抽烟，好像在等谁，嘴里不住地咀嚼着一根嫩枝，直到我俩走近了他好像才看见我俩。他眯缝起一只左眼，目光冷冷地在我和刘春光身上扫来扫去，用空出的一侧嘴角问：“干啥去了？”

“玩去了。”刘春光答。

当时我一点儿防备也没有，根本就没想到他会打人。冷不防的，只见他举起手，眯缝着左眼，不由分说地朝刘春光的脖颈儿甩了一巴掌，接着又把他按在院子里狠狠地打着。刘春光没反抗，我也没敢拉，刘树生发起火来太可怕了。这时有一个人突然从屋里蹿出来，抱住刘树生的后腰，是秋宝，他大声喊我去找妈来当救兵，我很快不见了踪影，但没去找妈，而是跑去了河边。

从刘树生的愤怒中我得知，他对儿子玩水痛恨到了极点，可我还教他游泳呢，看来我闯祸了。这么想着，我不敢回家了。从前我一直认为秋宝是个胆小的人，没想到他会这么勇敢，是什么使他这么勇敢的？对此我感到很羞愧。

我来到河边，钻进一片沙沙作响的芦苇里，在浅滩旁一块长满苔藓的石头上坐了好久。四周又高又密的芦苇完全遮住了这块石头。阳光强烈地照射着，水面反射着炫目的光。玩了一阵，我又去了树林，在一块空地上扯了些树枝点燃。树枝被烧得噼噼啪啪地直响，火堆上冒着芳香的灰蓝色烟雾，我拨弄着那火一直等到半夜。望望夜空，刘树生该睡着了，我也该回家了。

出树林时我发现有点不妙，天空被云遮蔽了，闪电不时穿出乌云，远处雷鸣隆隆，一场暴雨正在酝酿之中。我不由加快了脚步，连跑带颠，可是走到半路，雨就下起来了。

一下雨，草地上就再也不是一望无边啦！大雨像门帘子一样悬挂下来，遮住了所有视线。到哪里避雨也没用，雨是不会停的，在家里，一下雨我和秋宝就睡觉，等一觉醒来雨才能停。

后来我不是在走，而是在一脚一陷地踉跄。目光所及，茫茫一片黑夜，大地黑得像个无底洞，伸手不见五指，只能凭感觉往前走。这时我多么期盼有人能来找我呀。这时，我似乎听到大雨中有个声音在喊我，仔细听听，又什么都没有，只好接着走下去。这样的雨让人连嘴都张不开，谁会喊得出呢。

是的，我承认，我在大雨里迷失了方向，根本找不到家了。这时，我才真正害怕起来，因为远处传来一种很大的轰隆声，上游下来洪水了。我慌了，不知道哪里才安全，只好胡乱朝着一个方向疯狂地跑去。跑啊，跑啊，迎面撞上了什么东西，用手一摸，是一面土墙。我总算找到了一户人家。

第二天早上我换了衣服回家。当我走近河，远远地看见沿河有上百人，闹哄哄地叫喊得很响，河面上还有好些人站在筏子上，拿长竿子往水里戳。他们在捞什么东西？我感到好奇，很兴奋，用手做个喇叭，高声喊：“喂！你们往水里戳什么呀？”

一听这话，筏子上有个人趔趄了一下，要不是有人抓住他，他准会掉进水里。我定睛一看，那人是刘树生。

人们立刻把我包围了，有欢喜的，有庆幸的，有骂的，多数人都骂我。妈蓬头垢面地在地上傻坐着，看见我便扑上来，幸好有人把她拉开了。刘正月也在人群里，拿手使劲地揉眼睛，好像见了鬼似的瞅我。原来人人都以为我被淹死了，正在打捞我呢！

刘树生跳下筏子就奔我来了，他揪住我的衣领高高扬起一只手，然而却停在半空。他喘着粗气看着我，一条条汗水的小河沿着他的脸流下来。

村里人立刻开始七言八语地训我，说我让人操这么大的心。他们又没看见刘树生打人的凶相，要是他们也得跑呢。别看他现在到河里装模作样地来“捞”我，我看并不是关心我，我水性这么好，才不会溺水呢。

人渐渐散去，三五成群各回各家。刘树生也和妈回家了，只剩下秋宝没走，他问刘春光怎么没回来。我闻听糊涂了：“咦，他不是挨打来不了吗？”

“你们没在一起？”

“没有啊。”

“啥？你半夜没回家，他冒雨去找你了，到现在都没回来！”

秋宝的样子不像是说谎。渐渐地，我紧张起来，说不出什么原因，在暖和的阳光下，我突觉得有一股寒气袭遍全身。难道我昨晚听见的呼唤声是刘春光的？

秋宝惊恐地紧盯着我的眼睛，慢慢地朝后退，忽然间他转身就跑，边跑边喊。

整个村子的人倾巢而出，去找刘春光。第二天他们从下游陆续地回来，个个垂头丧气。我明白了是怎么回事。

太阳躲进了灰蒙蒙的云雾里，牦牛河还在汹涌地流着。

“春光，你在哪儿？”妈用手做成喇叭喊。

“你在哪儿？”我和秋宝也这样做。

“春光，你回来！”妈喊。

“你回来！”我和秋宝也喊。

呼喊的回声在山谷此起彼伏地回荡着，穿过峡谷，绕过层层山崖峭壁，传进森林。这喊声找不到刘春光，又折回河边，回到了我们身旁。

回声渐消，侧耳细听，山谷里一片寂静。就在这时，大地好似忽然消失了所有声音，山脚下那三十多户零零散散的人家也好像害怕似的鸦雀无声。我们站着不动，妈傻傻地看着远方，看着看着就倒了下去。她倒下去的时候也没什么声音，轻得就像一张纸。

月光朗朗的，照着山坡上一棵矮树，矮树下背靠背坐着我、秋宝、刘正月三个人，每个人都望着不同的方向。

刘春光失踪后，秋宝一直不跟我说话，这会儿甚至不愿将背靠着我。他一次次假装擦鼻涕，我知道他在哭，当善解人意的刘正月递给他一块手绢后，他忍不住大声呜咽起来。我使劲忍着泪水，好在夜色掩藏了所有的表情。

我接到老师的要求，有报社的记者要来采访我，他要挖掘一下我和刘春光之间的故事。过两天我要对着全校师生和记者演讲刘春光救人的高尚品德，然而我的头脑里却一片空白。除了他雨夜寻找我这件事，我们之间的友谊似乎别无感人之处，一切都是那么平淡无奇。相识仅两个月的时间，我对他了解得实在不多。但为了能在班上演讲的感人一些，我央求秋宝把他和刘春光之间的故事借给我做题材，让所有人都知道刘春光的故事，这也是我对刘春光唯一的报答，但是秋宝不同意。

“那是我和他的事，才不告诉你呢！你现在想对他好了，想当初你怎么对他？”他对过去的事仍然耿耿于怀。

“后来我们不也是和好了吗？”

“哼，那也是假模假样。都怪你，不是你，他就不会……”

我很难过，问他：“秋宝，如果我和刘春光都在雨夜失踪，你希望我们哪一个回来？”

秋宝听出了弦外之音，撕扯着什么东西，不说话了。

这时，一阵突如其来的微风拂过树林的边缘，树枝抖动起来，传来一阵沙沙声，仿佛还夹杂着一种奇怪的、含意模糊的语言，好像一个男孩在跟我们说话。我们三个像着了凉一样，哆嗦了一下。刘正月靠紧了我："好像是刘春光在跟咱们说话。"

好久，我们都沉默着。

"他想跟咱们说什么呢？"我问。

没人吭声。

"他一定是跟我说，你回来就好。"我又说。

"他肯定想对我说点儿啥。我们俩才是最好的朋友。"秋宝反驳我。

"咱不能这样光待着，什么也不干，这样对不起他。"刘正月说。

"对，得去找他。"秋宝说。

"去哪儿找？"我问，"大人不都找过了吗？"

"哼！"秋宝摇摇头，"你对他就是不好！别演讲了，我都替你丢脸。"

"我知道在哪儿，天国之渡！"刘正月说喊起来，"他在天国里！"

"对呀！"我们一下子站起来，一齐喊道。

我立刻说："他是为了我才死的，我去。""不，他和我最好，我去！"秋宝说。我们争得不可开交，后来刘正月拉开了我们俩："还是秋宝去吧，他们俩最好。"

为什么大家都说这句话，我都气坏了，真想去撞树死掉算了。

"得我去！"秋宝再次加重语气。

"好吧，"我只好点头，"我们去送你还不行吗？"这件大事就定了下来。

第二天一早，我们相聚在山坡上，等着黎明的到来。等太阳刚刚露头，我们一个个地站起来，一言不发，好像是约好了要保持沉默似的，从山坡上下来，向清晨的河滩走去。

这是一群行走在清晨河滩上的英雄，天地辽阔，路途遥远。河滩笼罩在一片黎明前的玫瑰色里，天空中有一只鹞子悠悠水流般盘旋翱翔，四周静悄悄的，只有我们三个的身影在移动。迎着清晨初升的太阳走向大山，我们要到天的那边，到天国去，去找刘春光，我想告诉他我很想他，我希望他回来。

我们三个走了很久很久，终于停下来。秋宝深深地吸了一口气。

“哥，刘正月，你们别送了。就到这儿吧。”

“好吧。尽快回来。别忘了捎上我的那句话。”我说。

秋宝庄重地点了点头，和我们挥手告别，然后就走了，走得不紧不慢，从容又安详，好像这一去准能找到他。天边变得一片火红，秋宝走进了草丛里，朝着我们挥手，一轮朝阳冉冉从他背后升起，他就摇摇晃晃地走进了一轮红日之中。

李丽萍的“合影”

发生了什么？

刘树生 我妈

我 秋宝

我妈 我 秋宝
刘树生 刘春光
刘树生 我妈
我 秋宝 刘春光

自从他们到我家来，我便新添了个撇嘴的习惯，一天要撇上十几次。

秋宝这混蛋却对刘春光充满了好奇，总想方设法凑近他，我看在眼里气在心上。刘春光好像在故意气我，只跟秋宝说话，只领着秋宝出去玩儿，把好听的好玩儿的都给他。

我发现刘春光是个很能干的人。他无事不通，无事不晓。

“……我会很多事，就是不会游泳，”刘春光说，“也不是笨，是我爸不让。我妈就是被水冲走的，听说你游得好，能教我吗？”

我点头：“那行，但是你们出去玩儿得带上我。”

一个穿行在浪漫密林的北国文学精灵

李丽萍喜欢细节、喜欢真情、喜欢有力量的东西、喜欢人性、喜欢宏大、喜欢广阔、喜欢温情、喜欢有人文关怀……她恨不得把她所喜欢的东西都组织进、灌输进作品里。于是就有了那些丰盈饱满的小说。

——自辛涛

作者没有囿于成人思维的樊篱，没有以成人的文化去“规范”儿童的行为，而是让儿童用自己的方式解决自己面对的生活，自己寻求心灵解放之途。她的小说散发出单纯、氤氲、清香、自然的淳朴诗意，蕴含着童年宝贵的情感体验。

——晓宁

“牦牛河”有魔力？

肖惊鸿：李丽萍的故事有一个相同的大背景，那就是她童年的“牦牛河”，那些乡土少年故事的发源地。牦牛河作为作家的精神家园，滋养了她丰沛的想象力，并为她笔下的各式童年找到了一个极好的生活土壤。在李丽萍的文字中，牦牛河边的乡土生活的困窘渗透了少年成长的历程。在匮乏的物质生存中，友情、亲情甚至还有那么一些随着身体而长大的朦胧的青春前期的躁动，都呈现得非常鲜活。她置身其中，像一个灵性十足的魔法师一样变幻着角色和身份，写出种种不同的少年成长的样态。

一阵穿过房间的风

我十岁这天的早晨，妈妈告诉我，姑姑要来祝贺我的生日。我正在沙发上看书，听到这个消息吓得尖叫了一声，书“啪”地掉在了地上。我特别害怕姑姑，因为我一直怀疑她是个女巫。

——《这么近那么远》

我的桌子刚好能容下我一个人，一张垫子，还有一辆四驱车，一些水果。不过我不怎么玩车，也不怎么吃水果，我只喜欢画画，再就是看书。如果我为什么事感到不高兴，就会钻到桌子底下读书。读书是我排解孤独的最好办法。我敏感、孤独、内向、害羞、柔弱，一点点儿的伤害都能感觉到，别人总是很容易伤害到我。

——《这么近那么远》

如果你认为我这本书是写大西的，那你就错了。其实，我只是想说说他的故作神秘和装腔作势，他只不过是一个吹牛大王。我认识一个真正神秘的、像谜一样的男孩子，这本书是讲他的。

——《影子的秘密约会》

在那所有人的眼里，我始终是最不引人注目的人。我是一个零，一个真空，一团模糊不清的雾，一阵穿过房间的风。

——《心里永远有个你》

我跑上那条路，森林也由阴暗、充满了死亡的阴影的状态，渐渐恢复了生气蓬勃，鸟儿在树上歌唱着，欢迎我的到来。

——《心里永远有个你》

车道两旁槐树的枝叶低垂，车顶刮动这些树枝，树叶顿时纷纷飞起，像雨点般洒满在路面。

——《心里永远有个你》

李丽萍的“牦牛河”

文/晓　宁

李丽萍的少年小说多以乡村生活为背景，以现实主义的手法表现辽西故乡少年儿童的生存状况，这几乎成为许多儿童文学作家的集体无意识，即创作的“自在状态”。她凭借“生就的”儿童文学作家（别林斯基语）的敏感，洞悉了这片土地上少年儿童身体生活和精神生活的全部意义，推出了“牦牛河”系列少年小说。本真的、朴素的情感状态加上女性特有的细腻笔致令她的作品充溢着儿童原初天性的魅力、浓郁的自我感觉因素、理想主义的色彩，在揭示少年儿童天真纯洁浪漫的天性的同时，对人生进行着终极追问。

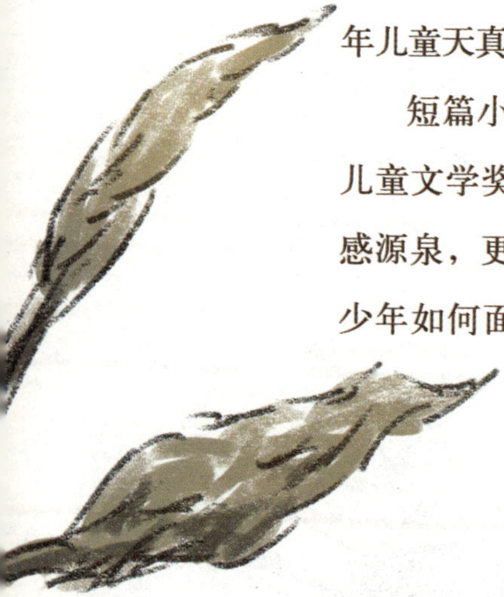

短篇小说《选一个人去天国》为李丽萍赢得了全国优秀儿童文学奖。“牦牛河”作为“天国之渡”是岸边少年的情感源泉，更是他们生命循环往复的一个“节点”，它审视着少年如何面对友情、生死。小说讲述了“我”、弟弟秋宝、刘春光、刘正月几个山村少年如何从敌视、疏远，到共处、接纳并逐渐产生友谊与亲情的过程。直到一场悲剧的来临，刘春光为了在洪水中救“我”，而消失在波涛汹涌的牦牛河里，

将故事推向高潮与结局。小说用“我”的眼睛来打量和感受周围的世界：美丽的女孩刘正月、妈妈和刘树生的再婚、刘春光的善良能干，在观看的过程中“我童稚的心灵像谷穗一样渐渐成熟起来”。作者没有过多地宣泄悲剧性故事带给人的痛苦感受，而给了故事一个开放性的结局，即寻找刘春光，寻找在天国里的刘春光，诠释了孩子眼中的死亡，不是恐怖的悲痛的，而是一种美好、一种希望。“天边变得一片火红，秋宝走进了草丛里，朝着我们挥手，一轮朝阳冉冉从他背后升起，他就摇摇晃晃地走进了一轮红日之中。”作者没有囿于成人思维的樊篱，没有以成人的文化去“规范”儿童的行为，而是让儿童用自己的方式解决自己面对的生活，自己寻求心灵解放之途。通篇小说散发出单纯、氤氲、清香、自然的淳朴诗意，蕴含着童年宝贵的情感体验。

《沙荒》《上海离我们有多远》《寂静的山谷》《我的哥哥吹黑管》《亲爱的斜角街》等小说均可归于此列，李丽萍构筑了属于自我原乡式的写作空间，却不褊狭，这份空间可与儿童、少年甚至成人来分享。她新鲜的青草气息带着单纯的、羞涩的，甚至单纯纤细的美，尽管并不圆熟，思想力还存在着薄弱之处，还缺乏将生活与艺术圆熟的贯通能力，她的“牦牛河”与曹文轩的“油麻地”所涵盖的深刻文化思考、对童年人生内涵的揭示还不可同日而语。但是，她却保持了非常可贵的“文学性”，保持着一种自觉为儿童言说的理念，她自由地无羁绊地将儿童作为人生思考的要义，开掘着童年人生的丰富资源，和儿童一同完善人格，走向成长。

第四关

昆仑丘寻“蘋草”

1. “我”的名字是什么？（　　）

   A. 秋山　B. 秋水　C. 秋宝

2. 刘春光擅长游泳吗？（　　）

   A. 擅长，他打小就在牦牛河里游泳

   B. 不擅长，他爸不让他游泳

3. “我”和刘春光相识多久？（　　）

   A. 半年　B. 两个月　C. 一个月

通过此关，你便可获得“蘋草”的力量！

蘋草　有一种草叫蘋草，形状像葵，味道像葱，吃了它可以消除疲劳。

“有草焉，名曰蘋（pín）草，其状如葵，其味如葱，食之已劳。”

——《山海经》

《一只蝈蝈的老去》

& 殷健灵

殷健灵：我想写和别人不完全一样的小说。我不可能真实地再现今日孩子的生活，因为我的阅历我的年龄我的心态决定了我不可能完全投入他们的生活中去，即使写，那也是一种有距离的观望，是浅表的描摹，多少是有一点儿隔膜的，我们所拥有的财富，是已经过去了的成长经历，以自身的经验来观照今天孩子的成长。

一只蝈蝈的老去

文／殷健灵

夏天的天气燥热难熬，空气中蒸腾着白哈哈的热气，让人喘不上气来。毛毛每日去汽水站打冰水，等毛爸爸回来后解渴。提着竹篾的热水瓶，要走两站的路，对瘦小的毛毛来说，实在不是一件轻松的事。

好在这两站路走得并不枯燥，走过一排排的房子，还要经过一块小小的田。这块田不知由什么人耕种，它也许是世界上最小的田，但它上面居然还是长出了庄稼。毛毛在那里看到过蚕豆结荚，看到过油菜开花。现在是夏天了，那里传来了清脆的鸣叫。有经验的大人说，那是蝈蝈。

毛毛盘算着养一只蝈蝈。下一回，他没有去打冰水，特意经过那块小小的田。他蹲下，和庄稼齐高，耐心地寻找蝈蝈的影子。

这一蹲就是一个小时，循着声音望去，仿佛目标就要出现了，拨开庄稼叶子，却什么也没有。后来，终于看见了一只蝈蝈！那绿色晶莹的宝物站在向阳的叶子上正唱着动听的歌，但还未等毛毛靠近，它就轻轻一跳，落入草丛，无影无踪了。

几次以后，渐渐有了经验，当然还要依赖毛爸爸传授的经验。在一根细竹棒上刻上一个个锯齿状的小豁牙，然后用另一根竹棒在上面摩擦，那声音与蝈蝈的叫声很相近。真蝈蝈听到这声音，被引得一个劲儿地欢叫，全然听不见枝叶的响声和靠近的脚步声，于是，只能束手就擒。这蝈蝈被托在掌心，犹如一块碧绿的美玉。毛毛给它选了个精致的笼子，高粱秸秆编成，形似灯笼。

每当毛毛摊开作业簿，笼子里的蝈蝈就开始欢叫。至于食物，小小的毛豆子就可以把蝈蝈喂饱。每天侍弄蝈蝈，让毛毛尝到了当爸爸的滋味，养大一个小生命，竟是如此甜蜜而满足。

蝈蝈一天一天长大，翅翼结实，身体丰满。秋天来了，它身体的颜色却好像在一天一天变深。就好像不再新鲜的菜叶，渐渐变成了深褐色。这是蝈蝈老了的标志。毛爸爸说，等它真正老了，它就叫不动了。

毛毛不信，依然每日认真地喂养，眼看着蝈蝈身体的颜色变得越来越深。他把毛豆放在蝈蝈面前，看着蝈蝈慢慢吃完。它已全然不像以前的样子，叫声细弱，动作迟缓，果真像一个老蝈蝈了。

这时，下起了夜雨，秋的凉意渗透进来。毛毛将蝈蝈笼移到暖饭的草窠里，希望能给它一点儿温暖。希望你可以活下来——这不是过分的要求啊！毛毛想。他不能相信蝈蝈的生命会是这么短。

蝈蝈终于还是死了，当然是老死的。爸爸说对了。它无声无息地躺在高粱秸秆做的笼子里，像一小截深褐色的树皮。

再见蝈蝈！这是毛毛第一次看见死亡。尽管是一只小小的昆虫的死亡，却已经把毛毛给哭坏了。

殷健灵的“生命时钟”

一只蝈蝈的生命钟
（从遇见毛毛开始的记录）

1. 按照右图①～⑤的顺序，找出文中对蝈蝈和毛毛的描写。

2. 想象一下，在遇到毛毛前，蝈蝈的生活是什么样的？

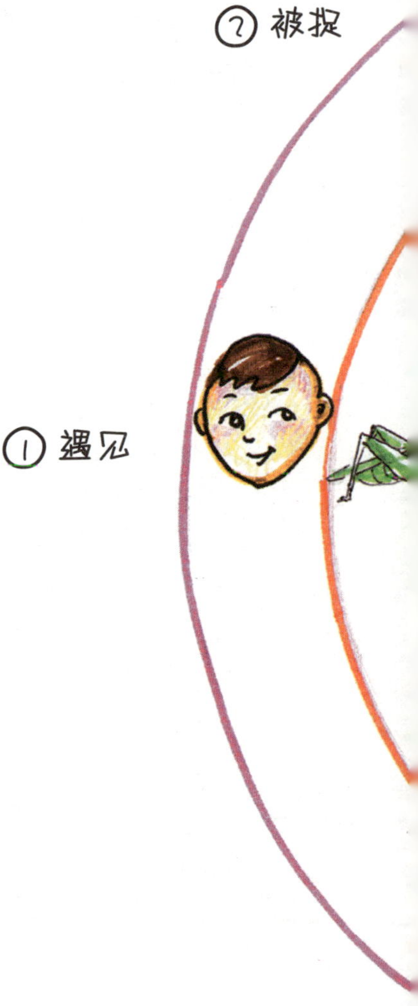

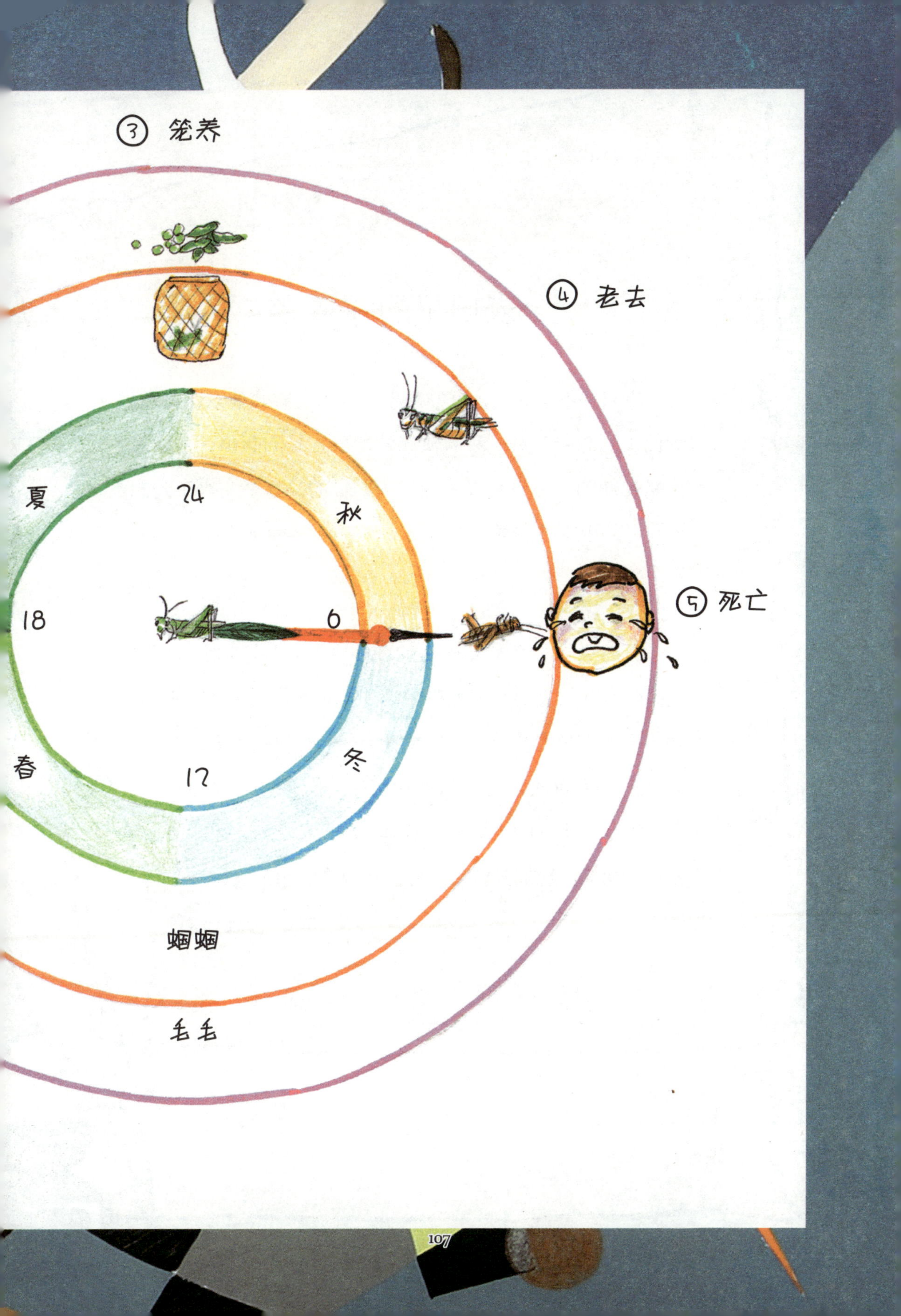
③ 笼养
④ 老去
⑤ 死亡
夏
24
秋
18
6
春
12
冬
蝈蝈
毛毛

麦田里的守望者

想象并不是一切，好的想象，是需要有其他东西跟进的。殷健灵的想象，是一种有质感的想象。她的想象，是依靠美感来发动的，并且是以美感作为归宿的。这是与当下幻想类的作品的根本性差异。

——曹文轩

殷健灵是一个“麦田里的守望者”。从中学时代，到大学时代，直到今天她在守望自己的童年，守望她那颗不愿匆匆长大的心。在她并不十分丰富的经验里，却有着一个固执的信念：只有童年，只有孩提时代的心灵，才是最安全的、最美丽的地方；只有它们，才能使她从一次又一次的失望里，得到新的欢乐和希望。

——徐鲁

殷健灵：在我不算太长的写作生涯里，曾经五次获得过陈伯吹奖。对于我这样一个与奖项缘分稀薄的人，实在是一个奇迹。而且，在同辈作家里面，我大概是少有的见过陈伯老的一个。第一次获奖，1996年，发表在《巨人》杂志上的一首童话长诗《骆驼王子与沙漠蜃景》。第二次，1999年，发表在《儿童时代》上的短篇小说《比乐与军刀》。第三次，2007年，散文集《听见萤火虫》。第四次，2011年，长篇历史题材小说《1937·少年夏之秋》。第五次则是2013年，书信体散文集《致未来的你——写给女孩的十五封信》幸运地得到了首届陈伯吹国际儿童文学奖。有意味的是，这个时间轴仿佛我个人的写作史，一直在变化，也一直在顽固地坚守。变化的是视野、思考深度，不变的是文学创作的艺术准则，我始终依附着这根藤蔓向上攀缘。

那年的冬天，我是在郁闷和别扭的情绪中度过的

三年前，我十五岁。那年的冬天，我是在郁闷和别扭的情绪中度过的。直至今日，一到冬天，我就会想起这件事。尽管我连罗玉子的长相都记不清了，但所有的场景都历历在目。这是一种无声的记忆，好像在看一部默片。饭桌边只有我和母亲两个人。桌上摆着一盘红烧鲫鱼，鲫鱼的尾巴翘在盘子外面，好像依旧保持着它濒死前绝望挣扎的样子。母亲把一筷子鱼肉夹到我碗里，我皱着眉又将它夹了回去。

——《画框里的猫》

我小时候也苦恼学海无涯，上小学的时候盼望着快快毕业上中学，上了中学又盼望着早点毕业考上大学，上了大学便渴望早点工作。反正，觉得上学是一件很苦的事，时间慢得像蜗牛爬，好像总也到不了尽头。哪天不上学了，就可以摆脱烦恼的根源。

——《白痴的问题》

周围安静极了，只听见自己气喘如牛。那白色的终点线就在前方一百米处。我用尽最后的力气，加大步子，抬高腿，同时，张大嘴巴，贪婪地吸进更多的氧气……在最后冲刺的一瞬间，我瘫软下来，腿、胳膊、身体，都不再是我的了，它们全都七零八落地散在原地。

——《蔚蓝色的跑道——纯真记事簿之四》

18岁以前，我一直生活在一个既不像乡村也不像城市的地方。那是一个大型的钢铁企业，一个封闭的社区。那里靠山、临江，省际公路像一条笔直的手臂伸向远方。公路的一边，是广袤的农田。我和同伴们从幼儿园一直到高中毕业都在一起，即便后来四散各方，彼此手足般的情谊依然存在。我是父母唯一的孩子。一个人的时候，最喜欢做的事情便是张望和遐想。

——《张望与遐想》

谈世界：面对复杂，心怀欢喜

——殷健灵访谈录

新京报：从事写作各个门类都可以，你为什么最后选择了儿童文学？

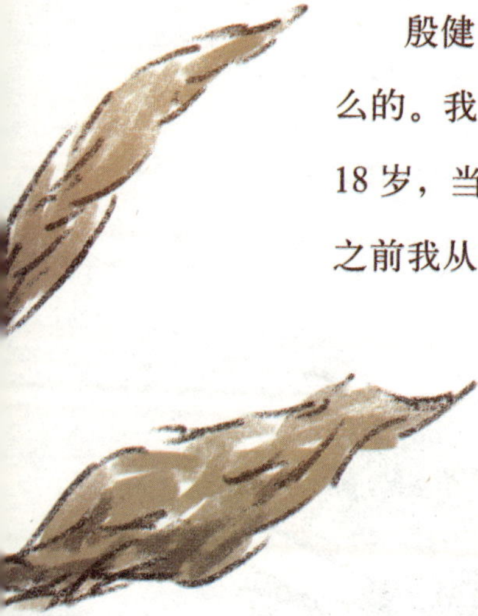

殷健灵：我没有想过会当作家，虽然小时候喜欢投稿什么的。我进入文学写作就是从儿童文学开始的。1989年，我18岁，当时看《少年文艺》，上面刊登有写作班的信息。在那之前我从来没有发表过作品，去参加了那个写作班。大概是半年，一千个学员，半年后我得到他们的通知，说我获奖了，有7个学生获奖，我还是第一。然后我去上海少年儿童出版社，那里培养了很多的儿童文学作家，我在那里，非常幸运地遇到了非常好的编辑。他们觉得我是一个好苗子，少年文艺杂志的

诗歌编辑说你试试写诗，我觉得很奇怪，从来没有人这样欣赏过我。回到家之后就收到老师的约稿信，他说可以参加中学生校园诗歌征文大赛。那时候读高三了，但是我觉得真的是开启了我人生的另外一扇门，从那个时候才开始多读一些诗。从诗歌开始，我觉得我可以去写作。

新京报：儿童文学并不是哪个写作者都能写的，从你的理解来讲这个通道是什么？

殷健灵：其实判断一个成人作家能不能写儿童文学，就是要有一种气质：面对复杂，心怀简单——这是做人的本质内核；然后还要有一些本真的童趣，精准的语言，故事想象力，等等。早期会凭创作冲动和灵感，最后作家比拼的就是素养和胸怀。

新京报：你应对世界的态度是怎样的？

殷健灵：面对复杂，心怀欢喜。我采访过一个小姑娘，我后来把她写进我的小说了。她当年上高中，跟我讲了她小时候的一件事情。她家里条件非常差，从小没有人照顾她的生活，幼儿园就会给自己下馄饨。她说第一次下馄饨就是把一棵菠菜放进去，然后把她的脚背烫伤了，她说这个事情看上去是坏的但实际是好事。我说什么意思？什么叫好事？她说任何事情都有两面，我被烫伤是坏事，但是我知道从此不会被烫伤，而且我学会了下馄饨。任何事情都有两面，她选择的是欢喜的那一面。最好是经历世事还能够保持初心，保持那种欢喜的状态，这也是我所希望我的作品能够传达的。

游戏时间

第五关

玉山寻“西王母”

1. “我”的“蝈蝈”是自己抓的吗？（　）

A. 是的，从草丛里顺手抓的

B. 是的，当然还要依赖爸爸传授的经验

C. 不是，爸爸给抓的

2. 两根什么在一起摩擦，声音与蝈蝈的叫声很相近？（　）

A. 树枝　B. 竹棒　C. 麦秆

3. “我”的蝈蝈很能吃？（　）

A. 是的，每天要喂它吃一穗玉米

B. 不是，小小的毛豆子就可以把它喂饱

通过此关，你便可获得“西王母”的力量！

西王母　西王母长得像人，有豹的尾巴、虎的牙齿，善于长啸，头发蓬乱，上面有玉石的装饰物，它主管天上的凶星厉和五残。

“玉山，是西王母所居也。西王母其状如人，豹尾虎齿而善啸，蓬发戴胜，是司天之厉及五残。”

——《山海经》

《和我一起长大的两只狗》
& 孙卫卫

孙卫卫：把每一件事情都做好了，就等于写好了人生这本大书。

和我一起长大的两只狗

文／孙卫卫

两只狗，长得很大的狗，而不是现在小小的宠物狗。它们会咬人，咬偷东西的人、咬不怀好意的人。一般的人，它只是汪汪汪叫个不停，吓你而不下口。

养狗在我们那里已成风气，因为每一家住得都很偏僻，即使同一个村里，这家距离那家还要走好远。我说的第一只狗原本是五爷家的，我们两家离得很近的时候，它经常在我们家跑，我们喜欢喂它一些东西。五爷家要搬走了，狗却不愿意走，用绳子套着脖子拽走，又跑回来，再想拉走，无论如何也弄不动。五爷只好把它送给我们。

这只狗在乡下太平常了，几乎家家养的都是这个样子的，耳朵不立起来，尾巴不拖着地，也叫笨狗。跟狼狗是不能比的，没有狼狗看上去威风。但是，五爷送的这只狗却非常厉害，它是我们家的守护神、是我的保镖。我一个人要出去，家里人肯定不同意，我说我和狗一起去，他们就说去吧。和它在一起，我很是神气，有人要靠近我，它会很警觉地朝他们叫，我说别叫了，它就不叫了，很听我的话。

每天早上我们去学校，它也跟着，我们跑，它也跑。到大树下或电线杆下经常抬起后边的右腿撒尿，为的是做回家的记号。送我们到学校门口，看我们进了教室，它摇摇尾巴踏上回家的路。我一直不知道它是跑着回家，还是就那样慢慢悠悠地走。从家到学校，再从学校回家，要好远的路，不知道它累不累。并没有人叫它陪我们上学，可是有了第一次，以后每天都送我们，不管刮风，不管下雨，只要我们去上学，它都跟着，好像从不觉得累。

我们放学回家，它会在家附近等着，看到我们，跑过来，摇摇尾巴，有时用嘴咬着我们的裤子。我们假装生气地在它身上打几下，它就松开了，飞快地跑到我们前面，然后，又跑回来，用头在我们身上蹭，再跑到我们的前面。

小学二年级，有一天下午放学，我都快进家门了，却还看不到它，也听不见它的声音。我进家门找它，爷爷说，狗吃老鼠药，死了。听到它死的消息，我大声哭起来，好像我的一个好伙伴突然离我而去，这一辈子再也见不到了。爷爷说，给它灌肥皂水都没有用，它只是不停地抽搐，难受呀。

它走的时候我若看它一眼就好了。它走的时候也想看看我吧，想跟我说从此不能送我们上学去了。想着它临走时那么难受，我更加难受。

它没有名字，五爷家叫它敖敖，我们也叫它敖敖。一叫它，它就朝你摇尾巴、摇头，但是不认识的人你再怎么叫，它也不理。

第二只狗是我爸爸花 30 元从县城买的。买的时候已经有名字，叫赛虎，是赛过老虎的意思。回到家的第一天认生，给它剩饭，不吃，给它炒鸡蛋，也不吃。

没过几天就好了，吃剩饭，吃馒头。赛虎是狼狗，蹲在那里不出声都让人害怕，如果汪汪汪叫几声，肯定会吓着人，真像狼一样，像老虎一样。

长大了的赛虎是不自由的，每天都被铁索拴着，绑在家门口的大桑树下，到晚上也不解开，怕它咬人，怕它吃了不干净的东西。赛虎的职责是天天月月看家，然后睡觉。有人带东西进我们家，它一般不咬，要带东西出去，就会咬个不停。他们都说，你们家真养了一条会看门的狗。

赛虎在我们家住了四五年后，被一个亲戚连铁索一起偷走，卖给县城附近一户人家，等我们知道消息已是一个月之后。那个夏天的早上，我和爸爸、弟弟早早起床，专门去县城赎狗，我们带了妈妈给赛虎准备的很软的缰绳。爸爸和介绍人一起到了那人家里，我和弟弟在外面等，突然发现，赛虎就在不远处的地方注视着我们，尾巴摇来摇去，而精神大不如以前，好像在说，把我带走，我要回家，我不想在这个地方！

谈了很久，爸爸才出来，很不高兴的样子。我爸爸觉得他们要价太高，没有答应。我们连中午饭也没吃又骑着车回家，一路上，我特别恨我爸爸，更恨那个偷狗的人。我和爸爸没说一句话，从县城到家里的路那天特别长，那天没意思极了。

那是 1988 年 8 月的事，许多年过去了，我们再没见过赛虎，赛虎也没回过家，可能它早就去世了。

小耕私储备

孙卫卫的“养宠心得”

孙卫卫总结养狗的好处：

①会咬人，咬偷东西的人，咬不怀好意的人。

②很听“我”的话。

③陪“我”上学。

孙卫卫伤痛的记忆：

①赦赦误食老鼠药，死了。

②赛虎被一个亲戚连铁索一起偷走了。

小耕总结养狗的好处：

①陪伴。

②动起来。

③更有耐心和责任心。

卫卫的文字

一直坚持写自己的真情实感，不浮华，不空泛，语言质朴无华；读他的散文，就像和他谈心，舒朗敦厚，畅怀适意，如见其为人。

——金波

他每一件衣服似乎都是随随便便套在身上就可以了的，可是当他表达一点儿对文学、写作的看法时，每一个字都整整齐齐，三言两语里都是用心良苦，意思精致。

——梅子涵

孙卫卫的散文为读者勾勒出了他的生活轨迹：淳朴的民风，善良的乡民，调皮的玩伴，温柔的老师，忠诚的狗……都是他真实生活的记忆，在感受其生活场景的同时，也为读者展现了一个“土生土长”、真实的孙卫卫。

——周利

孙卫卫最喜欢看什么书？

孙卫卫现身说法：

我喜欢读散文。每到一个书店，散文书是必看的。我家里的书，很多都是散文类的。

我个人的理解，散文是最能诠释“文如其人”这一理论的。我有体会，要走近一个作家，看他写的散文是最好的方式。读散文，就是在听他说话。他要讲的，都会多多少少通过散文这一体裁表现出来。

我一直对散文情有独钟。我喜欢这种形式，是因为它能直接表达我对一件事情的看法，表达我的喜欢和不喜欢，不用绕来绕去。每次写散文，对我来说，都是一次感情的宣泄。写的时候，我笑过，我也流下过伤心和难过的泪水。

从冬天的第一场雪开始，小伙伴们就在盼过年了

王光明是昨天晚上和他爸爸一起来到这个城市的。他们本来想第二天早上坐乡上到城里的大客车走，碰巧，他爸爸的中学同学胡到乡上办事，看见王光明他们，同学胡说别挤大客车了，我带你们走。王光明的爸爸想如果第二天走，还得花很多路费，干脆下午走算了。王光明爸爸的中学同学胡现在是大老板了，一路上司机胡总长胡总短，王光明的爸爸也改口叫胡总。

——《王光明在城里的第一天》

从冬天的第一场雪开始，小伙伴们就在盼过年了。大人说，好像什么也没干，怎么又要过年了。我们心里想，时间太慢了，还不过年。

——《年是给小孩过的》

快要期中考试了，晋老师许诺，如果这次考试大家都能取得好成绩，他将带我们参观省城一所大学，中午的饭他也包了，让大家好好吃一顿。他没说好好吃一顿是一个什么样的概念，但晋老师从来是说一不二的人，他说要好好吃一顿，肯定不会差到哪里去。

——《一天的大学生活》

从一年级到四年级，整整四年，班主任都由女老师担任。女班主任大都喜欢男生，当然了，对女生也不错。但是，对男生好像无论如何多了那么一点点儿的喜欢，男生呀便觉得受宠若惊，更加听女老师的话，让他向东，他不敢往西，连东南方向也不敢去。其实也不是不敢去，就是怕老师知道了生气，知道了不再喜欢他。

——《毛老师最怕的》

守护童心的卫兵

文／马犇

倘不太了解孙卫卫，或者没怎么读过其作品的人，我建议先读读《推开儿童文学之门》这本书，因为孙卫卫踏上儿童文学之路的轨迹全然栖息在这些温暖的纸页上。借助这本书，我们能够认识一个立体的“大男孩”，我们也会生发如此判断，孙卫卫与儿童文学的结缘，可谓一种必然。

他简直为阅读和写作而生，从小抓周抓到书，儿时在外村的戏台出租读过的连环画，打小就爱整理、编册读完的书，初三时在《少年文学报》发表处女作（中缝、二百字），从小学五年级开始写日记、有意识地练笔……

他是幸运的。小时候，父亲就给他订了《中国少年报》和《少年月刊》，母亲每次去镇上都会给他买一本书。上了中学，陕西教育学院丁仁祖老师看中了他的天赋，给予鼓励，并为他创造了进步的平台与空间……

就是这个从小爱唱秦腔、爱做木工活儿、爱画画、爱阅读、喜欢淘气、喜欢哭、经常脸红的孩子，最终将天赋与热情投入儿童文学的创作。越来越多亦师亦友的人出现了，他们支持、陪伴着这个孩子，看着他推开儿童文学的门，看着他在儿童文学的世界里酣畅淋漓、越发自如地跋涉。

说他是卫兵，除了其名字有两个卫字，主要基于他对儿童文学的忠贞不贰，他像卫兵一样忠诚地守护着童心，捧出真诚的文思，让孩子、让包括他自己在内的成年人常怀一颗纯净的童心。这个卫兵的创作姿态是纯朴的，他在骨子里更是个纯朴的人。很难想象，他现在仍然使用着自己大学时编号为 940285 的牙缸。他就是这般纯朴，或谓实在、实打实。对此，曹文轩在该书的序言中亦有评价：“他的文字很少凭空设想，而是从现实生活中体验而来……卫卫的文章跟他做人一样，也是实打实的，很少有虚话、套话、大话。”

我在夜里写完这略显冗乱的文字，我知道，同一时刻，在京城的一个书房，有个“长着娃娃脸、常怀娃娃心”的人，也在一张擦得干干净净的、放着一杯白开水的桌上用心地读书、真诚地创作。

第六关

玉山寻“狡”

1. “我”的狗是两只可爱的宠物狗？（　　）

A. 是的，很名贵　B. 不是，是常见的笨狗和狼狗

2. “我”的第一只狗是谁送的？（　　）

A. 在路上捡的　B. 五爷送的

3. “我”的第一只狗是怎么死的？（　　）

A. 老死的　B. 误吞鼠药　C. 被人打死的

通过此关，你便可获得“狡”的力量！

狡　一种兽，形状像狗而有豹一样的花纹，角像牛，叫声像狗，它的出现预示着该国将大丰收。

“玉山，是西王母所居也……有兽焉，其状如犬而豹文，其角如牛，其名曰狡，其音如吠犬，见则其国大穰。”

——《山海经》

图书在版编目（CIP）数据

那些年失去的小伙伴 / 小耕编. -- 北京：现代出版社, 2019.4（2021.6重印）
（小耕读记. 第1辑）
ISBN 978-7-5143-7464-3

Ⅰ. ①那… Ⅱ. ①小… Ⅲ. ①短篇小说－小说集－中国－当代②散文集－中国－当代 Ⅳ. ①I217.1

中国版本图书馆CIP数据核字(2018)第290182号

在本书的编选过程中，我们得到了许多师友的热情帮助。不过，虽经多方努力，仍有部分作者无法联系上。本书收入的部分文字作品稿酬已委托中国文字著作权协会转付，敬请相关著作权人联系。
电话：010-65978905
传真：010-65978926
E-mail：wenzhuxie@126.com

小耕读记（第1辑）：那些年失去的小伙伴

作　　者　小　耕
封面插图　曹　萌
特约策划　梁　策
责任编辑　王　倩
美术设计　薛江雨
出版发行　现代出版社
通信地址　北京市安定门外安华里 504 号
邮政编码　100011
电　　话　010-64267325　64245264（传真）
网　　址　www.1980xd.com
电子邮箱　xiandai@vip.sina.com
印　　刷　永清县晔盛亚胶印有限公司
开　　本　710mm × 1000mm　1/16
字　　数　100 千字
印　　张　8.75
版　　次　2019 年 4 月第 1 版　2021 年 6 月第 2 次印刷
书　　号　ISBN 978-7-5143-7464-3
定　　价　33.80 元